陈舜臣随笔集

云外之峰

［日］陈舜臣 著
朱俊华 于晴 译

中国画报出版社·北京

图书在版编目（CIP）数据

云外之峰 /（日）陈舜臣著；朱俊华, 于晴译. --
北京：中国画报出版社, 2021.5
（陈舜臣随笔集）
ISBN 978-7-5146-2003-0

Ⅰ. ①云… Ⅱ. ①陈… ②朱… ③于… Ⅲ. ①随笔—
作品集—日本—现代 Ⅳ. ①I313.65

中国版本图书馆CIP数据核字（2021）第035453号

Copyright © Chin Shun Shin 1989 Printed in Japan
简体中文翻译版权由创译通达（北京）咨询服务有限公司独家授权代理

云外之峰

[日]陈舜臣 著　朱俊华 于晴 译

出 版 人：于九涛
审　　校：崔学森
责任编辑：廖晓莹
责任印制：焦　洋
营销编辑：孙小雨

出版发行：中国画报出版社
地　　址：中国北京市海淀区车公庄西路33号　邮编：100048
发 行 部：010-68469781　010-68414683（传真）
总编室兼传真：010-88417359　版权部：010-88417359

开　　本：32开（787mm×1092mm）
印　　张：9
字　　数：120千字
版　　次：2021年5月第1版　2021年5月第1次印刷
印　　刷：三河市同力彩印有限公司
书　　号：ISBN 978-7-5146-2003-0
定　　价：58.00元

目录

001 / **第一章**

    003 / 现代的渊源

    016 / 明朝这一时代

    028 / 关于明清兴亡的思考

051 / **第二章**

    053 / 肩上的重担

    057 / 为何做人物评论

    061 / 我与《三国志》

    068 / 诗人的旅行

    074 / 《秦妇吟》

    080 / 《西游记》杂感

    089 / 林则徐和语言学

093 / 西乡隆盛与李鸿章

098 / 《茶馆》时代

105 / 第三章

107 / 鱼纹

120 / 观《黄河文明展》

123 / 壁画

137 / 翠青时代

143 / 徐渭和董其昌

164 / 云外之峰——齐白石展

168 / 范曾展

171 / 白鹤赞歌

175 / 第四章

177 / 越海民

185 / 献礼

191 / 鉴真使命感的背后

195 / 扬州大明寺

199 / 鉴真的气息——唐招提寺

212 / 闪耀之星——空海大师

225 / 《曼陀罗人》写后感

228 / 重访青龙岗

233 / 中日赠答诗

239 / 寻访交流的足迹

241 / 能量的源泉

253 / 第五章

255 / 《好太王碑》出版

258 / 监译《画本三国志》

261 / 关于前嶋信次的《空海入唐记》

266 / 伴野朗《大航海》解说

273 / 司马辽太郎《鞑靼疾风录》书评

276 / 中薗英助《樱之桥》解说

281 / 后记

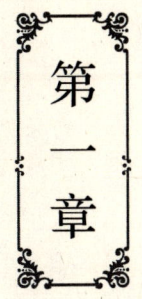

现代的渊源

《清明上河图》现藏于北京故宫博物院。这幅长卷出自北宋末年的张择端之手,描摹了清明节期间都城汴京街市的热闹景象。

在此之前,中国古代绘画的题材主要是山水、花鸟、帝王、将相、仕女美人,以及佛教等内容。其中不乏生活题材的作品,但不是反映宫廷、贵族生活,就是描摹山野隐士生活。《清明上河图》则生动地描绘了普通民众的生活实态。平民的日常生活成为绘画的主题,这是理解中国中世纪历史[1]的一把钥匙。

百姓生活进入画家们创作的视野,使我们切实感受到,

1　日本学者常用的中国历史分期方式之一,大约指5世纪至17世纪前期,即从南北朝结束到明朝灭亡。——译者注(本书注释未注明的均为译者注,以下不再一一说明)

画家们作为文化旗手,他们的审美范畴有所扩大。也正是由于百姓的生活充满了生机和活力,才大大激发了画家们的创作热情。

《清明上河图》中所绘的场景热闹非凡。画面中出行人物众多,在桥上还有人撑伞搭起摊位,这让人充分感受到平民百姓的活力。清明节在每年4月5日前后,此时春光明媚,人们纷纷到郊外游玩,也称为"踏青"。中国人有清明节扫墓的传统,这一天,大家都从家里走出来,外面的街市便热闹起来。后世的画家也常常以同样的主题描绘市井繁荣,其中明代仇英所绘的《清明上河图》最为有名。仇氏作品不是简单模仿张择端,而是另辟蹊径,描绘了他所居住的苏州城。

画家选择百姓的生活场景为题材,是因为其中充满了人性化的元素。当时,越来越多的百姓过上了安定而又平凡的生活。

回顾历史,魏晋南北朝是贵族时代,隋唐继之。唐朝之后,梁太祖朱全忠(朱温)终结了这一体制。

朱全忠出身贫寒,先是参加了以黄巢为首领的起义军,后归顺唐朝,成为节度使。他采取异常残暴的手段,扫除旧时代的残渣余孽,肃清了封建贵族体制的衍生物——宦官。

他杀死了数百名皇帝宠信的宦官，只留下了30个年幼体弱的人扫尘打杂。这本是宦官的职责所在。接着，他将位列三省台阁的名门高官裴枢、独孤损等30人以紊乱朝纲罪杀死，投尸黄河。

时代变迁必将发生一些意外事故。换句话说，发生出乎意料之事，时代的走势才随之而变。大肃清之时，就如大扫除时粉尘四起，灰烟弥漫。这就是历时半世纪之久的五代时期。烟尘消散后新时代开启——政权稳定的宋朝应运而生。

读史读到宋代，一下子就轻松了。先驱朱全忠消灭了宦官之祸，清除了统治的障碍，宋太祖赵匡胤坐享其成。据说，赵匡胤并不想当皇帝，他身为后周将军，在征讨契丹时受部下拥戴，登上皇帝宝座。宋太祖是当之无愧的酒鬼，当天也喝得酩酊大醉，昏睡之时被唤醒，部下强行为其披上天子黄袍，将士们上前叩拜，三呼万岁，新皇帝由此诞生。这种逸事传闻不禁令人产生疑问，明末思想家李卓吾等人便提出质疑：究竟那件黄袍是从哪里来的呢？这一疑问直击要害，仿佛一语道破天机。

不过，在当时情形下，赵匡胤黄袍加身也不足为奇。后周世宗柴荣去世，年仅7岁的柴宗训即位。国家正处于多事之秋，大臣们对幼帝登基深感不安。对于五代时期的政治家和将军来说，没有皇帝执掌政权，国事运转则举步维艰，况且当时的人们并没有正统皇嗣的观念。唐朝灭亡之后，公认的正统皇嗣便不复存在了。冯道在五代时期连续做宰相侍奉了8个姓氏的11位君主，这在后世看来极不正常，更被视为丢名弃节之举。但在当时并非异常之举，批评之人不多，反而对其有很高的称颂之声。

7岁的孩子当皇帝自然无法服众，当时的共识便是拥戴更为持重之人担此大任。

显然宋太祖自己无意推进霸业，正如史书所记载，他是被拥立上台的。

"五代十国"的说法是指当时短命的地方政权林立，之后由宋朝结束了这种乱象。不过，宋朝一统天下之后，失去政权的君主及其重臣并没有被肃清。诚如清代赵翼在其著作《二十二史札记》中所记述："宋初降王子弟布满中外。"著名的婉约词人南唐后主李煜投降后被封为陇西郡公；吴越王钱俶被封为南阳国王，其子也官至节度使这一要职；北汉王刘继元则被封为彭城郡公。

也正如赵翼所言："角力而灭其国，角材而臣其人，未有不猜防疑忌而至于杀戮者，独宋初不然。"王朝更迭之初难以避免血腥的杀戮，只有宋朝初期没有什么血腥事件。宋太祖取代了后周恭帝柴宗训，但仍封他为郑王，令其迁至房州，而且在郑王去世后，还允许柴氏子孙奉后周之祀。从北宋到南宋，高宗让柴叔夏世袭崇义公，直至南宋灭亡，后周柴氏一脉从未断绝。这在历史上实属罕见。

"宋，开国之初便失之其弱。"对于宋朝这种以宽厚仁慈立国的王朝，似乎也存在批判声音。有人认为，这一时期契丹人建立的辽国和党项人建立的西夏力量不断强大，宋朝已没有能力采取强有力的措施。也有人认为，这正是宋朝实力雄厚的表现，反映了宋太祖本人的性格。

据说，宋太祖曾把遗训刻在皇宫深处的石碑上。遗训中提到两点：其一是照料好后周王室；其二是后世皇帝不可因进言直谏诛杀士大夫。这个遗训石刻相当于日本的三大神器[1]，一般人无法得见。据说，只有新即位的皇帝才能在秘密仪式上看到，甚至宫廷内的高官也不知道遗训石刻的存在。北宋都城汴京被金军占领时遗训石刻才被公开。在即位的秘密仪式上，新皇帝恭读遗训，谨记于心。这就不难理解大宋南渡之后为何仍然厚待后周王室后裔了。

其他犯罪姑且不论，士大夫不会因言论问题被处死，宋

---

1 天丛云剑（草薙剑）、八咫镜和八尺琼勾玉。据说，这三件神器是日本皇室代代相传的宝物。

代一直保持着这一传统。即便在新法、旧法两派之争达到白热化之时,也顶多被左迁或被流放。这也有赖于遗训石刻的庇佑吧。这样一来,言论战自然活跃起来,所以中国历史上有代表性的雄辩家多出现在宋代。

据说,中国历代王朝中官僚俸禄最低的是明朝,最高的是宋朝。从《宋史·职官志》记载的俸禄制度可以看出,除俸禄外,宋朝的恩赏也十分丰厚。朝廷对战争中的死伤者会大加封赏。不仅如此,重臣离世时朝廷要送奠仪[1];大臣患病时也有5000两白银慰问;皇帝驾崩时还会给重臣遗赐。仁宗殡天之际每位大臣获得100万余钱的遗赐。当时司马光代表群臣进言,"遗赐不可拒辞,但至少请允许臣下捐献出来营造皇陵",不过未能获准。

宋朝不仅俸禄高,冗余的官员也特别多。咸平四年(1001),有司衙门请求削减冗余官吏19.5万余人。宋朝官吏队伍竟然如此庞大,简直超乎想象,真可谓官吏的天堂。

能够供养那么多高薪官员,可见宋代经济实力相当雄厚。毕竟想建成一个官吏天堂,没有钱是办不到的。既然能做到,就说明民间的经济实力经受得起盘剥。

---

1 送给办丧事的人家用于祭奠的金钱和礼品。

宋朝百姓的能量是惊人的。《清明上河图》展现出的平民生命力恐怕已远远超过唐朝。唐代的确是个辉煌的时代，如繁花盛开，不过，说到底那种繁荣仅限于贵族阶层。骑着银鞍白马阔步于长安的都是贵族公子，平民无法成为漫步街头的主角。

唐朝都城长安和宋朝都城汴京有两点不同。一是，长安虽为花都，但除了元宵节（阴历正月十五）等特殊日子可以外出，平时夜晚不能在街上走动。长安有110个街区，称为"坊"或"里"，分别被土墙包围着。只有特别的高官或贵族才能建起门户，穿过坊墙，而一般人只能从坊门进出。日落后，坊门以鼓声为准按时关闭，所以夜间无法通行。宋朝都城汴京，则每家每户都面向大街修建了大门，夜间允许通行。

二是，长安只有东西两个市场允许买卖交易，汴京则没有限制。长安除了指定的市场以外没有商铺，而汴京到处都设有商店。长安的市场营业时间是从正午到日落，而汴京的商业交易中没有时间限制。

长安夜色暗淡，汴京则夜色灿烂。据《东京梦华录》记载，汴京有"瓦子"这样的娱乐场所，还有酒坊等，全都通宵营业，热闹非凡。瓦子里有50余座演艺剧场，叫作"勾栏",其中有不少勾栏可容纳数千人观看。《清明上河图》描绘了各种各样的店铺,还有驮着货物行走的骆驼,就是它们把货品从远方运来的。画中还绘有酒楼,人们在二楼饮酒;街上有"代笔"摊和香料店等铺子,也有露天水果摊。或许是清明这一特殊节日的缘故,街市比平时更热闹。但毫无疑问,这种生机与活力来源于平民百姓。

五代时局混乱不堪,这与节度使割据一方有关,而宋太祖致力于削弱节度使的势力。他虽然清楚其弊端,却不急于一举废除,而是采取削弱实权、频繁调任等措施,逐渐治理了混乱,使其无法形成割据之势。这确实是太祖一贯的行事风格。

太祖虽出身武将,却不倡导武家政治。这一时期形成了既非贵族政治,又非武将政治的政治形态,应该称其为"文官政治"。虽然几经波折,但这种体制也持续了将近千年,直到清朝灭亡。

科举制度在隋代便已经出现了。之前更多的是通过掌权者推荐来任用官吏,科举考试只是辅助手段。据说,唐代科举每次只有几十人合格,而到了宋代每年有几百人合格,甚至有些人考取了进士也无法获得官职。为此,科举考试改为每三年举行一次。科举考试最后一关是"殿试",从形式上来说，天子是考官。因为考官和及第者有师生关系，所以进士都被视为天子的门徒。宋代的官员绝大多数是进士出身。

过去牵制皇帝的是贵族、宦官和割据一方的节度使。朱全忠肃清了贵族和宦官，宋太祖削弱了残存的节度使势力，实际上形成了皇帝的独裁。科举及第的进士也对皇帝俯首帖耳。

贵族、宦官和节度使实权在握，不仅限制了皇帝的自由，还抑制了天下能人志士的才智。他们倒台后，不仅皇帝心头大快，而且以前因一直没有出头机会而郁郁不得志的秀才们也得以发挥自身才能，有机会获得认可。

想要科举及第，需要一个良好的环境，因此对于那些不是特定阶层出身的人来说就比较困难。不过，那些特定阶层的范围还算宽泛。据说，北宋有名的大文豪、政治家苏轼就生于四川绢商之家。经济上确实富裕，不过要是在唐代，是不会认可这种出身的人出任宰相级别的朝廷大员的。

民众活力四射，工商业蓬勃发展，宋朝比之前任何时代都能让人自由发挥才能。进一步讲，如前所述，在这一时代是不会因言论而招致杀身之祸的。如此自由宽松的环境，社会一定会获得巨大的繁荣和进步。

世界级的重大发明出现于这一时期的中国，实在不足为奇。毕昇发明了活字印刷术，可与造纸术相比肩，它们均为中国享誉世界的伟大创造。活字印刷术大大推动了欧洲的文艺复兴运动。

宋朝造福世界的发明还有罗盘针（指南针）和火药。处于这样的开明时代，人们的头脑中不断涌现各种奇思妙想，并能醉心于这些发明创造。

宋朝不仅在发明创造方面贡献卓著，在典籍的编撰方面也更上一层楼。唐代编撰了《通典》；北宋也编撰了史无前例的大百科事典《太平御览》。二者都是国家性的事业。除此之外，宋人还编辑整理了《太平广记》，集结了到宋朝为止的所有神话传说。

只有人性的时代才需要百科全书。宋朝之所以一定要创建上述伟大事业，是被百姓的生活气息所感动，被这样的使命感所驱使吧。像这样规模庞大的文化工程，必然需要大量的人力物力。因为科举制度选拔出了很多皇帝的"门徒"，所以才能够完成这项事业。

宋朝与日本的室町时代[1]相似。因受辽（契丹）、西夏（党项）、金（女真）等外族压迫，最后甚至被蒙古灭掉，

1　室町时代（1336—1573），该名称源自设在京都室町的幕府。

所以总使人觉得有些气势不振。宋朝参与国政的几乎都是文人，所以也让人觉得文弱。室町时代虽然也不尚武，有些文弱，但是从艺术贡献方面来看，室町时代可谓现代日本艺术的源泉。

宋朝可谓中国的室町时代。追溯中国文化源流，必定会上溯至宋代。越过一个朝代追溯到唐代，便感觉与现代存在违和感。就瓷器而言，宋瓷无疑最具中国特色。唐三彩便会让人感觉不属于中国风格，至少觉得这不是与现代有联系的东西，不过属于遥远的祖先时代罢了。这如同现代日本人把室町时代看作与自己最近的祖先，认为奈良、平安时期是相对遥远的祖先。

《东京梦华录》详细记载着汴京的生活，就连其中列举的饭菜都是现代中国的料理。艺术也是如此。京剧、杂技这样的现代中国曲艺无疑源于汴京的瓦肆勾栏。《东京梦华录》列出了一长串名单，有讲述《三国志》《五代史》的评书艺人，有剪纸工艺师，有表演木偶戏、魔术戏法儿的，还有卖药的、摇卦的、操虫的，等等。

拥有雄厚经济实力的宋朝，之所以显得文弱，除了自宋太祖以来排斥武学之外，也同周边民族不断壮大有关。辽被金吞并；金又被蒙古消灭。史上最强的骑兵军团登上历史舞台后，便如狂风般席卷了奉行文化至上主义的宋朝，使其淹没在一片沙尘之中。

元朝虽取代了宋朝，但从文化方面看，蒙古族遗留下来的文化极少。相反，被灭掉的宋朝遗留下来的，皆与现代有着很深的渊源，对周边地区的影响也很大。长久以来日本都把宋钱作为主要货币使用。

称宋朝是划时代的，也包括自此以后不再实行禅让制这一点。在此之前，从形式上来说，全国性的政权是通过禅让制度建立的。宋太祖接受了后周恭帝的禅让；唐高祖也是由隋朝恭帝禅让称帝；魏文帝曹丕由汉献帝禅让，也因《三国志》广为人知。不过，宋的灭亡和之后元、明、清的灭亡，均没有实行禅让。虽然与外族入侵有关，不过也有人认为，或许是因为宋朝在自身的"文化复兴"中放弃了"古代"禅让的传统。

元朝最后消失在草原的尽头；宋、明两朝也遭到致命打击而玉碎瓦解。国家灭亡之时，宋朝和明朝的殉国人数有着天壤之别。明朝的亡国皇帝崇祯被李自成的军队困于紫禁城。他亲自鸣钟示警，却无一人赶来救驾，吊死景山之时身边只有一个太监殉死。相反，宋朝灭亡时，殉国者不胜枚举，其中有背着幼帝投海而亡的陆秀夫、惨遭杀害的文天祥、绝食而亡的陈文龙等人。陈文龙曾指着自己的肚子说："此节义文章，可相逼邪！"

赵翼曾说："历代以来，捐躯殉国者，惟宋末独多。虽无救于败亡，然不可谓非养士之报也。"

纵观历朝历代，宋朝官吏俸禄最高，明朝最低，这样将二者相比较，未免过于"唯物质论"了。宋太祖留下石刻遗训"不得杀士大夫"，明太祖却逆其道而行，大肆肃清功臣，明成祖更是将方孝孺车裂于市，诛杀其十族800余人，可见宋明之间差异之大。

对人的尊重产生了人文主义文艺复兴思想，这是我们现代精神的灵魂。名号为"宋"的那个时代不能说有多么绚烂奢华，但它是那么幽雅、伟大。

（1981年12月）

明朝这一时代

历代王朝的创始人中，只有汉高祖刘邦和明太祖朱元璋二人出身草莽，朱元璋又有意效仿前辈刘邦。刘邦称帝后将韩信和彭越等功臣一一铲除，朱元璋也如法炮制。迫害的规模远超汉初，且更加阴险惨烈。他们二人虽同样从社会底层起家，但刘邦的性格更开朗，朱元璋更阴郁。

汉朝和明朝的国风都重视朴素和坦率，两朝也都重农轻商。明朝甚至允许农民穿丝绸，却不允许商人穿。至于其他方面，两个朝代相似之处也很多，不过明与汉相比，总觉得明朝更加黑暗、压抑。

明朝开国后不断肃清功臣，成祖永乐帝大量杀害建文帝一派的重要人物。儒者方孝孺清廉耿直，他不承认永乐帝即位，便因撰写"燕贼[1]篡位"而遭车裂。且不止他一人受害，

1　指永乐帝。——作者注

其十族800多人都惨遭杀害。明朝初期的血雨腥风，令人无法忍受。谁都不愿意生在那个时代，如果不幸生于明代，至少每个人都不想当朝中大臣。贫困也无妨，人们只想做个无名小民安稳度日。

明代的廷臣可怜至极。历代皇帝虽都是独裁者，但明代更甚。明朝大臣要跪在皇帝面前汇报政务，这是前所未有的。之前上朝时都是皇帝端坐，大臣站立，甚或宰相也坐在皇帝对面。明朝的大臣徒有"大臣"的虚名，实际只是皇帝的奴隶罢了。明朝有廷杖制度，皇帝只要不开心便会杖责大臣，严重时杖击致死也是平常事。明朝大臣早晨出门时会与家人挥泪告别，因为不知何时就会遭廷杖之责惨死殿上。百姓虽然生活贫困些，但毕竟不必担心廷杖之刑。不过，即便是平民百姓，如果不谨言慎行也会遭遇危险，因为明代是"特务"盛行的时代，不知道在哪里就有躲着的"特务"在偷听呢。

独裁和特务活动是分不开的。独裁皇帝居于深宫，需要耳目。皇帝把那些自己信任的人当作耳目，自不必说，那些人一定是侍奉在皇帝左右的亲信，宦官们便顺理成章地成了皇帝的耳目。一般大臣行事会顾及家人，而宦官没有亲生骨肉，可以无所顾忌，能够对皇帝一心一意，竭尽忠诚，而这正是独裁皇帝想要的。

明朝的东厂是有名的特务机构，虽然禁卫军锦衣卫也开展谍报活动，不过东厂是专门的特务机构，首领一定由宦官亲信来担任。东厂的主要任务是监督官吏，对策划谋反的活动或其他不当行为进行秘密调查和检举揭发。特务机构不断扩大监视范围，不只是官吏，老百姓也逐渐受到东厂监视。后来，又建立了特务机构西厂，和东厂竞争。为了争功，东厂和西厂制造了很多冤假错案。

东厂、西厂的职责是监督官吏，结果却使社会变得越来越黑暗。原本宦官就是隐藏在暗处的恶势力，他们的权力一旦强大起来，腐败之风也随之蔓延。

宦官掌控着特务机构，可以打压一般大臣。东厂的一纸报告就可以罢免大臣。众大臣中有人对宦官拍马屁，有人不屑于讨好宦官，反对宦官的情绪渐渐形成一股潜流。视宦官为"浊"、视己为"清"的人们开始开展反宦官运动。这种清浊之争愈演愈烈，东厂等特务机关也成为宦官派系的根据地。

正是因为这样的历史背景，明末才出现了恶魔般的宦官魏忠贤。他把持朝纲，左右国事。派系纷争愈演愈烈，彻底镇压对手才是获得生存机会的唯一出路，这导致人们开始采取疯狂的行动。魏忠贤本是一个赌徒，只因赌场失意，才自愿阉割，当了宦官。派系之争的疯狂行为将这样的无赖推到了领导阶层。大众崇拜他，在各地兴建"生祠"[1]，称他是堪比孔子的大圣人。不过，信任魏忠贤的天启帝一死，他便随即失势，在被捕之前自杀，尸体惨遭车裂。独裁政治中的一切——包括荣辱得失，甚至生死存亡——都取决于皇帝一人。

我好像在一味地述说明朝的阴暗面，但也实属无奈，因为的的确确黑暗就是那个时代的基调。明朝依赖特务活动实施恐怖政治持续了300年之久，这确实令人不可思议。不过，那种恐怖政治只是弥漫在社会上层。只要无意谋反，下层百姓就可以过着与阴暗的政治斗争毫不相干的安宁生活。

我认为，明太祖朱元璋想要将中国打造成充满阳刚之气的社会，而通过利用皇帝的耳目——宦官特务，这一目的并未达成，至少在士大夫之间未能获得成功。不过在平民阶层之中，尽管有些粗野，但还是形成了具有男性特质的爽快豪放的社会氛围。

论学问风格，王阳明的"心学"明快率直，深受人们

---

1 把活着的人当作神一样祭祀。——作者注

喜爱。心学不拘泥精细的学理，风格豪放。儒学可以让人联想到发霉的书斋气息，而明朝的心学中流动的空气却颇具开放性，没有拖沓烦琐的训诂解释，让人感受到它那独有的魅力。

说起明朝，因为它是推翻了由蒙古族建立的元朝的汉族王朝，为此，人们强烈感受到它会复兴元朝之前的宋朝遗风。但从时代流转中不难得出结论，明朝的人们也有切身感受：明朝并不是宋朝精致文化的继承者，其反而明显承袭了草原马背民族的元朝文化。

说话文学、戏剧等从元代开始兴盛，明朝继承下来并有所发展。据说，明朝初年《水浒传》《三国演义》就形成了现在的体裁。传统中国文人轻视小说，因为人们普遍认为读书是为了考取功名，治理国家，平定天下。但是元朝一度废除了科举制度，儒生的社会地位急剧下降，文人的传统入世路径受到阻碍。之前一直被轻视的小说在元朝兴起，而明朝继承了这种风气，令"奇书"之花绚丽绽放，名闻天下。

明朝诗歌的特点是简练率直。吉川幸次郎[1]这样评价明朝诗歌："众多平民百姓参与诗歌创作，诗风更加简练率直，

1　吉川幸次郎（1904—1980），日本神户人，京都学派代表人物，被称为"汉学泰斗"，译著《唐宋传奇集》《胡适自传》等。

这种诗风也进而吸引更多的市井之民。据说,清代的明诗总集《明诗综》,收录了3400余人的诗作,其中官僚占少数,多半是普通的市井之民。"

明代的大文人沈周(号石田),在他83年的人生中不曾踏入仕途半步。沈周的弟子祝允明、唐寅、文徵明等人也始终是平民身份。唐寅曾有意步入仕途,但受科举作弊案牵连,最终还是一介平民。文徵明虽曾一时做到翰林院侍诏一职,不过很快就辞职了。虽然也有董其昌那样升至内阁高官级别的文人,但总体上看,民间的文化活力更强劲。当时,官员们生活在畏惧廷杖的氛围中,原本的能量受到了压抑。虽说东厂的特务也在民间出没,但是对民间的影响没有像官员那么大。虽然在历史记录中鲜有言明,不过,支撑明朝约300年历程的,难道不正是民间的活力吗?

"自古官俸之薄未有若此者。"这是《明史·食货志》中的记载。与其他朝代相比,明朝官员既要面对廷杖的危险,拿到手的俸禄又少得可怜,因此在明朝当官很不划算。正一品官员的月薪仅87石,一年下来仅有1000多石。魏时九品官人法规定郡太守只是五品官。汉魏时期郡太守的年俸是2000石,这2000石的俸禄就意味着是地方长官的级别。唐朝正一品的俸禄是一年700石,看起来似乎明朝官俸比唐朝多些，但是唐朝的俸禄是实物支付。除了年俸之外，正一品官还有12顷职务田、60顷永业田，单靠每月收杂费也能得3.1万文。况且，明朝正一品的87石有一半要换算成钱来支付，但换算率却比市价低得多。

明末，顾炎武上书《俸薄之害》。仅靠薪酬难以维持生活，贪污之风一定盛行，这种不良之风也会演变成常态，风纪涣散自然会扩散到方方面面。

官吏俸禄少大概是军事费用增加造成国库空虚的缘故。明朝有北虏南倭威胁边防，东北有满族势力，东南还有日本海盗，各方对明朝侵扰不断。明朝政府为抵御外敌耗费了巨额资金。丰臣秀吉向朝鲜出兵之时，明朝也派遣了援军，这也给明朝政府的财政造成巨大负担。为了节约冗余费用，明朝甚至废除了驿站制度，撤销全国的驿站，停止国家资金对这一运输部门的投入。为此，失去公职的驿站人员在各地掀起叛乱，最后推翻了明朝。将明朝末代皇帝崇祯逐出紫禁城，迫使其在景山自杀的，便是曾在驿站供职的李自成率领的叛军。

在紫禁城内，明崇祯帝亲自鸣钟示警，却无一人前来救驾。他在景山吊死时，身旁只有一名宦官殉死，而南宋灭亡时有很多人殉职而死。有些像文天祥一样被俘的人因不改节，结果惨遭杀害。南宋和明朝灭亡时的情形大相径庭，人们将二者进行对比发现，薪俸多寡的因素显而易见。宋朝是历代王朝中官吏待遇最好的时代，朝廷动辄给大臣分发赏赐。在正规的俸禄之外，生病时有慰问金，父母离世时还有葬礼奠仪等。与之相比，明朝给官员俸禄用米换算成金钱时，还极尽克扣之能事。也难怪两个朝代灭亡时朝中人臣的反应简直是天壤之别了。

崇祯帝虽然拼力鸣钟，明朝臣子却无一人救驾，而得知李自成占据紫禁城，这些人便一同致贺，甚至称赞李自成是胜过尧舜的圣人。同时，他们不停地咒骂皇帝，数落他的过错。就连李自成都觉得那些大臣太过分而责骂了他们。可见，不仅是活力，就连正义感也是民间的更强。

元朝的统治长达一个世纪之久。明朝推翻元朝自然想清除前朝的风俗习惯。不过，如前所述，明朝承继了元朝的遗存，明太祖并没有特意想要复兴宋朝遗风。

按照中国的传统说法，元朝是北狄建立的政权，从汉族的角度看这属于外族统治，是在文化方面格格不入的敌对方。异文化的导入冲击了汉族的固有文化，两种文化碰撞融合之后也产生了新鲜事物。例如陶瓷制品出现青花工艺，无疑与蒙古族的统治密切相关。一般不会想到，在宋代的白瓷和青瓷完美地制成之后,还要在器面上作画,只有拥有异质审美的人才会想到在陶瓷制品的空白处装点花纹。明代的陶瓷没有回归宋朝,而是继承了元代的青花工艺。现在我们一提到明代的陶瓷就会想到"赤绘",这是青花色绘技术发展的产物,也展现了明朝的时代特质。

明朝最伟大的壮举是郑和下西洋。明朝舰队浩浩荡荡经由东南亚一路西行,到达了印度、阿拉伯,甚至非洲。仔细想来,7次出海的壮举也是继承元朝遗风的一种表现。成吉思汗的子孙在各地建立帝国,现在属于伊朗地区的伊儿汗国也与中国元朝有亲缘关系。元朝的阔阔真公主远嫁伊朗伊儿汗国的故事很有名。当时送嫁仪仗一行人走的是海路,马可·波罗也随行其中。

将世界建成强大帝国的蒙古族时代,南海的航线渐渐开发出来,为郑和舰队开拓了航路。元朝向日本派兵,对于倭寇而言,元兵也摇身一变成了元寇,这不能不说也是元朝的"遗产"。虽说叫倭寇,但不完全是日本海盗,《明史·日本传》中这样记载:"大抵真倭十之三,从倭者十之七……"

因日本海盗之强人尽皆知,为此,似乎很多干抢劫勾当的人都伪装成倭寇耀武扬威。与海盗的行径相比,他们多在贸易活动中挑起事端，开启战事。西班牙和葡萄牙商船渐渐出现的那个时代，海上商船必须配备武器，这已成为当时的行业常识。西班牙通过强占吕宋岛马尼拉而成为东南亚香料贸易霸主，频繁与中国商人贸易往来。由此可见，东南亚华侨的确起源于明代。

如前所述，明朝采取农本主义，商人地位极其低下，但到了明代中期，商人蓄积财产的能力开始发挥作用。纳税实行货币化，商贸活动也越来越受重视。安徽新安自古便是交通要道，物产丰富，文明开化程度较高，出身此地的商人积累财富格外成功。最终他们甚至对朝廷也产生了一定的影响力，因为想笼络那些不满足于俸禄的官员并非难事。

新安有个商人叫王直，在日本五岛颇有名气，明朝误将其当成倭寇首领。一种说法是，王直本来也是个生意人，被劝诱归顺明政府，结果上了朝廷的当而惨遭杀害。另一种说法是，他为明朝效力，得到认可后归顺朝廷，后来朝中势力关系发生变化，才被杀害。

无论哪个朝代，宫廷中都免不了丑闻，明代尤其多。万历到天启年间，明朝发生了三件怪事，史称"三案"，也只是冰山一角而已。宦官掌权，政治上的明争暗斗便会随之而来。正义派觉得不清除宦官及其党羽，便无法恢复明朝的清明盛世。于是他们与黑暗势力展开英勇的斗争，东林党便是这样的组织。

明末，东林党人与反东林党一派时常发生激烈的党派争斗。在东林党人看来，此乃救国之战。明王朝却因党派纷争更加动荡不安，最终失去了把持权柄、控制政局之力。

最后到了明朝的末代皇帝崇祯帝时期，魏忠贤终被肃清，东林党人夺回实权，无奈为时已晚。因为早在东林党被魏忠贤镇压的时期，朝廷便已失去了大批优秀官员。

利玛窦、汤若望等耶稣会的传教士在明末到中国传教，虽然他们并未成功地使中国人改变信仰，但对明朝人了解世界产生了很大影响。利玛窦绘制的地图《坤舆万国全图》通俗易懂，仅此一点就足以令明朝的文人震惊。

明朝在建国初期经历了大航海时代，几万人追随郑和远下西洋，不过它在历史长河中只是辉煌一瞬，很快便息声落幕了。明末，世界大航海热潮席卷中国，但此时的明朝却缺乏应对时代潮流的人才，像郑成功这样的人不是没有，却在忙于其他事务，无法抽身。

明初的郑和、明末的魏忠贤，可以说这两个宦官是明朝帝国兴亡的象征。

由于日本倭寇骚扰、丰臣秀吉向朝鲜出兵等原因，明朝与日本瓜葛不断、关系深远。明朝日趋衰落,流亡者便逃到日本,以水户的德川光圀所招揽的朱舜水为首,影响日本文化的人物不在少数。这些人逐渐被日本社会接纳,并融入其中,而且人数也相当可观。

明朝继承元朝的遗产,消化吸收,在此基础上又向清朝过渡。明朝努力保留元朝粗犷朴素的长处,清朝又通过学习明朝的汉族文化,形成精致的考证学体系,在工艺方面更以精巧细密见长。在研究明这一朝代时,我对这种传承性特别感兴趣。

(1982年1月)

关于明清兴亡的思考

同样是入主紫禁城,很显然,明朝与清朝相比,皇帝的资质可谓天壤之别。明朝的昏庸皇帝较多,当然创建王朝的太祖洪武帝与永乐帝均为杰出帝王,但之后便后继乏人了。仁宣之治指永乐帝之后的仁宗洪熙帝及宣宗宣德帝统治时期,是明朝的繁荣盛世。

太祖开国后肃清朝野,成祖接连外征并命令郑和远航,因此百姓不得休养生息。仁宣之治停止对内肃清与对外征讨,使人民得以休息。永乐帝时期出海6次,宣德帝时仅出海1次。仁宣时期(1425—1435)虽为黄金时代,也只是昙花一现。仁宗与宣宗父子二人治理国家的时间合计只有十几年,仁宗洪熙帝治世时间未满一年。即便如此,仁宗亦堪称明君,因为其父永乐帝经常御驾亲征,他从皇太子时期便助父理政。永乐帝外征,进一步打压已被驱逐到北方的蒙古族势力。不过外征不仅需运送军粮,还严重消耗民力。身为皇太子的仁宗洪熙帝默默地注视着这些,深感于心不忍——因为将北京定为首都,北京离北方边境较近,所以不得不连年对外征伐。为此,他觉得还是迁都南京为好。

仁宗洪熙帝实行海禁,令曾经的航海总司令、能人郑和担任总督之职留守南京,并将有才能之人派遣到南京,让皇太子(后来的宣德帝)前往南京参拜孝陵(太祖洪武帝陵在南京城外),这一切都在为迁都做准备。如果洪熙帝不是即位第二年就驾崩了,迁都南京的夙愿便会达成,之后的历史大概也将改写。

据说洪熙帝特别胖,永乐帝一直命令他减肥。不难想象,或许由于身体肥胖,导致寿命缩短。洪熙帝之后继位的宣德帝善于平衡协调,果断放弃迁都南京。为此,紫禁城的时代没有断绝,一直延续至明朝灭亡、清朝接替。如前所述,宣德帝只实施了1次其父所废止的航海活动,可见在有意调整。其父治世1年,而他治世10年。

宣德帝去世(1435)后,明王朝又延续了200多年。11位皇帝相继登上皇帝宝座[1],其中堪称明君的只有宣德帝的曾

---

1 因为英宗一度退位又复位,也有一种说法是共计12代帝王。——作者注

孙孝宗弘治帝一人,不过这位弘治帝治世也未超过18年。虽比仁宣皇帝在位10年长些,但仍不能令人满意。

从明王朝开始,实行一帝一年号的制度,这一制度一直沿用至清朝,与其以皇帝的名字做宗庙号,不如使用年号更容易理解。日本从明治时期开始,首次实行这种制度。明清与日本明治之后的年号制度不同,明清是皇帝驾崩、新帝即位之后的第二年改称新年号,日本则是立刻更改年号,即日本大正十五年(1926)和昭和元年是同一年,昭和元年却只存在寥寥数日,而中国的明清时代却不推崇这种计法。

"万历"是明代延用时间最长的年号,长达48年之久;"嘉靖"的45年次之;太祖"洪武"的31年则排在第三位。

与明朝相比,清朝康熙存续61年;乾隆为60年,显然时间长得多。而且乾隆皇帝是因为不愿意比祖父在位时间更长,才在理政60年之后主动退位,之后又做了几年太上皇。康熙帝和乾隆帝皆为文武双全的明君。康熙帝向聘请的外国人学习西方高等数学,并熟练掌握,世人盛赞他勤勉好学。虽然推行文字狱之类政策为其带来负面影响,被世人诟病,但康熙、乾隆二人仍堪称治国理政的优秀帝王。

清代明君治国时间较长,而明朝则相反。明君为数不多,寿命还都很短,所以相对地,昏君统治的时间就太长了，真是无奈。神宗万历帝在位的48年间，连续25年不上朝，堪称可笑的纪录保持者，根本谈不上实行什么正经的政治。另一方面，在历代王朝中明朝的独裁色彩最为浓厚，无论制度好坏，皆由皇帝一人制定，他人无法改变。

确立皇帝独裁制度的是明朝开国皇帝明太祖朱元璋。他将几万名大臣、将军及其党羽、家族全部肃清，只为避免出现一人之下、万人之上的专权者。洪武帝废除宰相，设六部尚书（各省大臣），但未设总理大臣。因为皇帝兼总理之权，便不会出现令皇帝畏惧的大臣权力过于集中的现象。在专制独裁体制下，皇帝地位看似稳固，不过因皇帝资质不同，国家也难保长治久安。

皇帝虽独裁，但听取汇报并处理奏折还是很有必要的。各个部门及各地方官上呈的奏折，皇帝都要逐一阅览，这的确是件苦差事。于是朝廷专门设立翰林院文书学士一职，相当于皇帝的私人秘书，负责阅读奏折、说明梗概、裁决奏折、起草诏书（诰敕）等事务。翰林学士学问虽高但地位低下，其职位只相当于现在局长的级别。他们直属紫禁城文渊阁，也被称为阁臣。让他们读文章，做归纳，却不允许发表自己的言论，这些人不过是记录皇帝思想言论的工具罢了。阁臣的人员数量不固定，大概有五六人，由这几个人组成的团体称"内阁"。现在"内阁"一词中国已经不用了,但日本仍在使用。

阁臣大多从局长级别晋升至副部长级别。虽称为"票拟",允许陈述意见,但只作为参考意见,很容易被忽视,最终还是依皇帝见解行事。如前所述,万历帝25年未上朝理政,一切事务皆委托阁臣票拟处理,政务执行不畅。因为大家心知肚明是阁臣在施政,所以不具有权威性。后代的史学家如此评价:明朝灭亡是自神宗(万历帝)的统治开始的。万历之后泰昌、天启、崇祯3个皇帝相继继位,但3个皇帝共计的治国时间未超过25年。导致明朝灭亡的因素都是万历帝一手造成的,后来的3个皇帝也未能扭转时局。其后的3个皇帝意欲挽救明朝衰落的态势,可惜心有余而力不足,越慌乱不堪,采取的对策越不见效果,甚至适得其反。

明朝坐拥天下,接受周边藩国朝贡,并以这种形式广施恩惠。对于明朝来说,接受万国来朝是维系权威的象征,但在经济上却承受着巨大负担,蒙受损失极大。许多粗劣的日本刀以5倍的价格进贡给明朝。蒙古瓦剌族进献数万匹马,名马与驽马鱼目混珠,明朝还要赏赐随行使节。更过分的是,为了多领赏赐,瓦剌竟公然弄虚作假,虚报使团人数。朝廷对此忍无可忍。正统十四年(1449),明朝决定削减马价,而且只按使节实数分赏赐。可是，瓦剌已经习惯以哄抬马价、谎报人员敛取不义之财。他们听闻明朝要打破惯例，十分震怒，骤然起兵。倡导削减马价的宦官叫王振，是皇帝的启蒙恩师，不太了解朝廷政事。他以为派出大军便可震慑住对方，于是明朝动用50万大军迎敌。50万大军浩浩荡荡，队列太长，最终却成了草原骑兵的饵食。瓦剌尾随明军而来，奋力追上。最后在"土木"[1]，明军遭到袭击，全军覆没，皇帝也被俘虏。此时的瓦剌如果志向更为远大便可能控制整个中国，可是他们当时只求朝贡之类的蝇头小利，目的达到便心满意足了。

70余年后的嘉靖二年（1523）发生了一件携带勘合符（符书）来航的日本船争斗事件。日本从足利义满开始，自称"日本国臣源某"，开展享有藩属国特权的朝贡贸易。在朝贡贸易中，细川氏与大内氏是竞争关系。细川氏家族由堺港商人随行，而大内氏则由博多商人跟随。两家贸易商一路争斗，一直打到宁波港口。细川氏在大内氏之后到达，却靠贿赂宁波市舶司太监获准率先接受入京检查。为此大内氏一怒之下烧毁了细川氏商船，杀死了细川氏的正使相国寺鸾冈

---

1 即"土木堡"，位于居庸关到大同长城一线内侧。

端佐，并一路烧杀抢掠后扬长而去。因为这一事件，明朝对日本采取了闭关绝贡的措施。之后，日本无法与明朝进行正式贸易，但私下里的贸易仍在继续。在贸易往来中一产生纠纷就使用武力的人便成了"倭寇"。由于倭寇不断袭击海岸，明朝为此蒙受的损失不计其数。

丰臣秀吉两次出兵朝鲜（文禄之战、庆长之战）。从明朝角度来看，这也是大规模的倭寇行为。沈惟敬这个人很是离谱，随意玩弄日本和明朝，没有将两国的意思准确地向对方传达。明朝认为日本希望在明朝开展朝贡贸易，先定下了"许封不许供"的方针。想要得到朝贡的资格，就得像足利义满那样从明朝获得国王称号的册封。因此明朝为丰臣秀吉颁发了册封其为国王的诏书，在此之后是否允许朝贡视情况而定。只要恭顺，明朝便打算允许其朝贡。秀吉一死，这个问题便不了了之。明朝又向朝鲜输送援军，劳民伤财，损失巨大。这时的明朝皇帝就是那个25年不上朝的万历帝。

万历帝虽然不热衷于政治，却十分爱财，特别是为了建造自己的陵墓[1]拼命敛财。因支援朝鲜损失财力，对于他来说确实万分遗憾。可是丰臣秀吉向朝鲜出兵对明朝的另一影响

---

1 北京郊外十三陵中的定陵。——作者注

可谓比起财政损失更为致命——紫禁城里的人在密切关注朝鲜期间,竟浑然不觉中国东北一股巨大势力已渐渐形成,那便是努尔哈赤的力量正壮大起来。

明朝消灭了元王朝之后[1],针对东北地区的女真族采取了进一步分裂瓦解政策。总之,由于金王朝曾为统治中国北部的强大王朝,必须格外小心。在此时期,明朝以朝贡贸易资格为手段控制女真族。靠狩猎采集为生的女真族用貂皮、人参、珍珠等向明朝政府朝贡,反过来从明朝获取数倍于贡品的纺织品及日常用品。从村长到部落小族长,明朝为女真族头领300多人授予各种名目的官职和诏书,此份诏书便是朝贡资格证明。明朝天真地以为将这些资格分发到300个人手中便会平安无事。

明朝时期,女真族分布在海西和建州。马市朝贡十分复杂,瓦剌背叛明朝,偷袭海西女真族,多数女真族族长死在瓦剌的刀剑之下。前文提到的那些诏书,更多的是到了没有资格的人手中。不仅如此,明朝使强大的女真四分五裂,还造成了极大的负面影响——女真族渐渐产生内讧。那时,在哪里出现纷争、战乱较多,当地的地方军事长官便难辞

---

1 元朝旧势力一部分向北流亡后,建立了北元。——作者注

其咎。当时辽东的负责人是朝鲜族将军李成梁（丰臣秀吉出兵朝鲜时率领援军的明朝将军李如松的父亲）。众女真族人团结一心的态势对于明朝固然不利，但是无休止的争战也带来治安上的问题，令人头疼。朝廷为避免战乱，保得国泰民安，便寄希望于更有实力之人能为明朝保驾护航。李成梁为此培养了颇具实力的努尔哈赤。

努尔哈赤最初只是建州女真族的一个小首长，姓爱新觉罗[1]。我认为这一姓氏并非名门旺族。努尔哈赤是清朝的太祖皇帝，他的儿子皇太极是清朝的太宗皇帝。皇太极颁布诏书，禁止族人称自己为女真族，而改称满族。满族人信奉的是文殊菩萨，选取与文殊菩萨发音相似的"满洲"这两个字，寓意为他们是文殊菩萨的弟子。在保守滞后的女真族社会里，人与人见面就会提及家世与血统。皇太极在这个问题上异常决绝，一口咬定"吾卿绝非女真族人"。传说这是皇太极想要建立新王朝之意。

因为满族族人之间摩擦频发，为了维持辽东地区的治安，李成梁考虑培养一个优秀出众、颇具实力的人来协助自己。李成梁选中的这个人便是努尔哈赤，而他的实际能力远

---

1 "爱新"意为金，"觉罗"为族名。——作者注

在李成梁预想之上。努尔哈赤一家虽已归顺明朝，但在战争中祖父和父亲皆被明朝误杀。一种说法是，努尔哈赤的祖父和父亲去劝说和他们家有姻亲关系的首长投降明朝，可是明军却在此时展开火攻，二人便死在城中。明史记载，他们父子因被那个姻亲首长扣留而未能逃出城去。总之，他们为明朝做事，却因明朝攻城而死。据说李成梁为了补偿努尔哈赤，将30份敕书和马匹等赏给了他。努尔哈赤以此为基础，积攒实力，强大起来，拥有了超乎李成梁期待的实力。他不仅统领其出生地建州的多个女真部族，还凭借武力降服了海西卫所属的9个女真部族。

努尔哈赤势力的飞速发展远远超过了明朝的预期。明朝虽然曾经下诏抚恤并为其扩充实力，但为了不至于养虎为患，不久便要费尽心思削弱他的力量。

明朝在这个时期，可以说已将以史为鉴的训诫抛诸脑后了。他们天真地以为削弱新兴的满族势力，断绝朝贡应该是最有效的。

不过，断绝朝贡也是有风险的。别的不说，仅仅是改变与瓦剌的马市贸易常规，便导致皇帝被俘。而且还有倭寇问题。虽然这也并非直接由明朝引起，是由于日本朝贡船大内与细川两家相争，明朝才实行了"闭关绝贡"，但导致倭寇更为猖獗。不过，尽管风险很大，明朝还是断绝了满族的朝贡。高档昂贵的朝鲜人参堆积成山，大批腐烂，但是新兴的满族势力却束手无策，只能默默地承受。不得不说，此时明朝完全忘记了潜在的危险——能让对方痛苦，也能让对方发奋。

明朝灭亡大抵应该归咎于中国传统的封建思想。他们认为周边的各民族是一定需要自己的，这种想法过于自负。满族通古斯系的人们拥有一种特质，可以说是一种学习的精神。据说曾经的女真族金王朝就是这样，因其固有文化薄弱，所以极其谦虚。他们的优秀之处就在于诚挚地接受，认真地学习。我认为无论朝鲜民族，还是日本民族，这种学习的精神也都是血脉相传的。

在努尔哈赤和皇太极的势力范围内，居住着为数众多的汉族人从事农耕。牧民轻蔑地把农耕民称为"趴地人"，而狩猎采集之人与牧民相比生活较为安定，便没有这样的歧视。相反，他们学习的愿望却很强烈。不仅向汉族学习，满族还通过贸易或其他渠道接触李氏朝鲜文化。进一步说，满族也懂得向历史学习。曾被契丹族统治的女真族祖先突然变得强盛起来，是因为出现了英雄人物——完颜阿骨打。他创建了叫"谋克""猛安"的组织。有组织和无组织的队伍，即便人数相同,实际的战斗力也相差悬殊。

满族以史为镜,创建了"旗"这样的组织。这与金的"谋克""猛安"类似,既是军事单位,又属于行政机构,而且还是户籍管理部门,负责监管百姓生活。最初创立黄、蓝、红、白四旗。接着,以旗的颜色为象征,每色镶边,又增加了镶黄、镶蓝、镶红、镶白四旗。满洲的八旗由此诞生。

女真族过去虽曾创建了女真文字,因为采用了和自身的语言系统相异的汉字作为基础,所以很少使用,便成了"死文字"。努尔哈赤想要改良有音标的维吾尔族文字,用来标记满洲语。这种满族文字最终于努尔哈赤过世之后创造完成,从此可以将口头命令以文字形式传达出去,这对军事活动大有裨益。

朝贡被明朝廷叫停,但努尔哈赤决不屈服。他解除了与明朝的藩属关系,选择了独立的道路。明万历四十四年(1616),努尔哈赤称汗。之后努尔哈赤又统一了满族各部,攻陷明朝抚顺城,并于万历四十七年(1619)在萨尔浒大胜明军。导致明军大败的最大原因是山海关总兵杜松为抢头功而提前行动,据说这与明朝军纪涣散有关。满洲八旗军队则能够彻底执行命令,直达组织的最基层。乘萨尔浒大捷之势，满军又相继夺取了开原和铁岭。

万历帝驾崩后，即位的泰昌帝暴毙，天启帝登基。明朝政权更迭瞬息万变。如前所述，由于皇帝独裁，皇帝更替后从基本方针到人事安排全都随之而变。一不留神，明朝的辽东管辖地区的根据地——辽阳也落入满军之手。明朝辽河以东所辖地域全部沦陷。

努尔哈赤率领满军越过辽河向西挺进，目标是山海关，但是前面的宁远城固若金汤，就连满军八旗也束手无策。宁远城驻守明将袁崇焕从福建运来红衣大炮（葡萄牙大炮），使平素擅长密集进攻的满军难以抵御猛烈的炮火。满军在此开始败退，打破了他们战无不胜的纪录。

努尔哈赤也因明朝的炮击而负伤，不久憾然离世。

懒惰至极的万历帝一死，英明杰出、声望颇高的皇太子朱常洛即位，此时人们一定对他寄予厚望。万历帝把明王朝里里外外都搞得乌烟瘴气，人们自然对这个新皇帝——泰昌帝充满期待：一定会恢复王朝的盛世之景的。然而，明君早亡的厄运却意想不到地降临在国家风雨飘摇的危机关头。泰昌帝腹泻不止，吃红药丸后暴毙，在位时间只有一个多月。

之后继位的是泰昌帝长子天启帝，可惜天启帝在位期间不理朝政，无所作为。可以说，泰昌帝暴毙便预示明朝的灭亡已成定数，不可挽回。

这一时期，紫禁城接连发生了三件怪事，被称为"三案"。汉语把事件称作"案"。三案的第一案是梃击案。据说，泰昌帝身为皇太子之时，曾有手持枣木棒的男子闯入他的宫殿，被当场抓获。当时虽然把那个人当作疯子处理掉了，但因当时万历帝最得宠的郑贵妃正在谋划拥立自己的儿子福王朱常洵为皇太子，宫中一时流言四起。三案中的第二件是导致泰昌帝死亡的"红丸"事件。第三件则是继而发生的"移宫"事件，即泰昌帝宠爱的一个女官李选侍在皇帝暴毙时将16岁的天启帝转移，藏到了乾清宫里。泰昌帝正妻已死，天启帝生母也已离开人世。李选侍虽然曾向皇帝请求皇后之位，但在位仅一个月的泰昌帝尚未来得及册封她便驾崩了。李选侍本以为自己将成为皇太后，可以摄政掌权，可惜未能如愿，于是想拥戴天启帝来掌握实权。然而她的身份并不是皇太后，虽说被先帝宠爱至深，但以宠妃之身拥立幼帝还是无法获得认可。最终天启帝依靠朝中重臣的力量重获自由。

在天启帝的时代，出现了臭名昭著的魏忠贤。他身为阉党，妖言惑主。魏忠贤因赌博赌输而自暴自弃，自愿接受宫刑成了宦官。魏忠贤没有学问，大字不识。这样一个人为何会大权在握，实在令人不可思议。魏忠贤与天启帝的乳母客氏对食，利用特务机构的"秘密警察"弹压政敌，实施极端的恐怖政策。

弹劾和反对魏忠贤的人多被杀害，而且都被虐杀，惨不忍睹。即便如此，品格高洁之人仍在继续抵抗。辞官下野的顾氏兄弟在故乡无锡建立"东林书院"，这里就成了反宦官的根据地。因此反宦官一系也被称为东林党。东林党面对的宦官一党，并不只是宦官，还有不少想通过巴结宦官出人头地的士大夫。这些士大夫为了谄媚魏忠贤，提议为其设立生祠，并在各地兴建。他们甚至称魏忠贤是像孔子一样的圣人，将其和孔子并列受人祭祀。这些人极尽阿谀奉承之能事，令人瞠目结舌。

因明朝皇帝专制独裁，若能取得皇帝信任，任何事都可以做成。但若是改朝换代，以前再受宠信也只能沦为明日黄花。甚至连昨天还是一人之下万人之上、拥有极高权势的人，顷刻间也会人头落地。人们在高呼皇帝"万岁"之时，也会高呼魏忠贤"九千岁"。但是，天启七年（1627）天启帝驾崩后，即使是九千岁的魏忠贤也在被逮捕后自缢而亡。

天启帝死于努尔哈赤逝去的第二年。天启帝没有子嗣，由他的弟弟崇祯帝继位。与"庸弱、滥赏、淫刑、祸害忠良、丧失民心"的兄长天启帝相比,崇祯帝或许稍微好一些。不过,明朝已是风烛残年,亡国已成定数,想阻止王朝的衰落已经太迟了。崇祯帝又太过急躁,且生性多疑,从不信任大臣和将军。应该说这些都是作为皇帝的莫大缺陷。

　　清太祖努尔哈赤止步山海关,满足于仅在辽东、辽西称霸,建立满族政权。虽说明朝已日落西山,大势已去,但余威尚存,凭借广阔的国土,还颇具震慑力量。但到了太宗皇太极时期,由谍报得知,明朝衰落之势更加明显,于是满族开始试图称霸中原。紫禁城中像"三案"这样的怪异事件接连发生,可见明朝早已失去民心。满族政权起初将国号定为"金",为了和12世纪的金政权相区别,称为"后金"。1636年皇太极改国号为"清",很显然他想在中原建立国家。满族政权考虑到日后将要统治汉族,不想再使用"金"这个国号。因为南宋时期的金政权曾经欺辱汉族,人们对名叫"金"的政权印象不佳,不利于日后统治。

　　令满军最为棘手的是,名将袁崇焕守卫的宁远城久攻不下。皇太极得到情报,紫禁城的崇祯帝生性多疑。据说崇祯帝在位17年间竟罢免了50名重臣,并将他们处以死刑,还问斩了地方官员中的7位总督和11名巡抚。这个皇帝只要对谁有疑心就会将其立刻问斩。皇太极抓住了这个机会——他放出风声，说袁崇焕与满军秘密通信。这个假情报传到紫禁城崇祯皇帝耳中，袁崇焕随即被召回并接受调查。因有通敌嫌疑，又有敌方伪造的证据，袁崇焕最终下狱受刑而死。

袁崇焕部下祖大寿等人率领1.5万人马归降满军。依靠刚刚投降的明军，满族政权可以自己制造曾经害死努尔哈赤的红衣大炮了。满族人学习能力超强，在努尔哈赤去世后仅6年便可以自行铸造大炮了。

独裁是一把双刃剑。英明的皇帝用它可以兴国；昏庸的皇帝用它也能亡国。比起兄长天启帝宠信魏忠贤一党为祸朝纲，崇祯帝还算不错。他虽热心国务，却胡乱猜疑，想杀便杀，就连山海关总督洪承畴也投降了清朝。洪承畴虽然以坚守为上策，但紫禁城派来的使者却令其速战速决，由此失去了关外四城。虽然是依照紫禁城命令行事，但战败也会获罪被罚处死。洪承畴心想既然如此，还不如投降满军。

朝廷要速战速决，因为打持久战所需大量军资没有着落。为了筹措军资，除增加赋税，别无他法。无法交纳苛捐杂税的农民为了免于惩罚，只能逃亡。当时大量的逃亡者成群结队，遍布全国。

明朝为节约经费，废除了由国家出资运营的驿站制度。驿站制度是在全国设立驿宿所，分配驿卒，运输行李和邮件。为应对运输途中遭遇的危险、疾病等问题，可以及时提供互助支援，驿卒拥有全国性的组织系统。废除了驿站制度，曾经有组织的驿卒全体失业，他们随即转成了造反团体。如前所述，各地逃亡的农民很多，驿卒造反派团体成了他们的收容所。

这一时期，每年都有饥荒记录。精力充沛的年轻人应征辽东战事，苦于重赋苛税的农民只得逃亡，很明显这个时期的饥荒不是天灾，而是人祸。饥荒致使社会动荡不安，逃亡者人数不断增加，换言之，造反团不断壮大。

造反团首领叫王嘉胤，后来降清的洪承畴率领大军出面镇压，将他正法。王嘉胤遭到诛杀后高迎祥继任。他集结了36营20万兵力，自称"闯王"。高迎祥于1636年被政府军俘虏，押至北京问斩。他的部下李自成接任，成为第二代闯王，向各地发兵展开进攻。崇祯十三年（1640），李自成的闯军现身河南，在此之前的流寇性质也随之改变。那时正赶上河南饥荒，不只农民叫苦连天，就连知识分子也对政府的无能感到绝望，于是纷纷加入闯军。因牛金星、李敢等读书人的加入，闯军内部机构得到改造，闯军成了一个拥有主政实力的团体。

虽然有多个组织加入闯军，但遗憾的是，能力出众却缺乏全局观念的张献忠另立门户[1]，后来进入了政府军兵力薄弱的四川，在那里解放农奴，组建女性部队。明末的农民造反团不能顾全大局，团结一心，结果不得不向清朝交出了政权。张献忠自立山头应该是农民造反团失败的最大原因。

历代王朝中，明朝官吏俸禄最低。即使是位高权重的大官，仅靠微薄的月薪也不够维持生活。为此官场贿赂成风，超出想象。这不仅紊乱了纲纪，也腐蚀了人们的精神。官员薪俸的标准低，也源自明朝不尊重士大夫的传统。明太祖洪武帝是乞食化缘的穷和尚出身，在立朝初期大肃清时，除骨肉至亲外谁都不信。明成祖永乐帝更是诛杀了大儒方孝孺一家三代及门客。可见明朝何等不尊重知识阶层。纲纪败坏，世风日下，究其根源并非金钱多少的问题。"士为知己者死"，知识分子重义情怀高于一切。但明朝的重臣和将军却没有信心取得皇帝最起码的信任。加之皇帝滥用权威，草菅人命，官员很难全力效忠朝廷。

闯王李自成率领的农民军攻打北京时，只有代州总兵周遇吉拼死抵抗。大同、宣府等北京守备的主力，早在李自成到来之前便已声明投降。李自成的"大顺国东征军"[2]号令50

---

1 指张献忠打下武昌，自称大西王。
2 这时已将国号定为"顺"。——作者注

万大军自太原出发,以摧枯拉朽之势长驱直入。抵达北京之时明军已无一人抵抗。

崇祯十七年(1644),紫禁城落入李自成之手。崇祯帝为召集百官亲自动手敲响警钟,但是无一人前来。百官此时正忙着迎接紫禁城的新主人。最后崇祯帝登上紫禁城后面的景山,在寿皇亭自缢而亡。据说,当时他身穿白寿衣,摘掉冠冕,长发垂于面前。遗言写在白色的衣襟上:"朕自登基十七年,逆贼直逼京师。虽朕薄德藐躬,上天干咎,然皆诸臣之误朕也。朕死无面目见祖宗于地下,去朕冠冕,以发覆面,任贼分裂朕尸,勿伤百姓一人。"

事已至此,崇祯帝仍将亡国之罪悉数推给众大臣。以东部最高长官洪承畴为首,袁崇焕手下的一众部将,西部大同和宣府的将军们均未抵抗,很快就向来犯之敌举手投降。由此看来,这的确算是众臣之罪。然而到底是什么将他们逼到绝境呢?后世史学家总结,其原因是崇祯帝的"多疑"。崇祯多疑,导致许多朝中重臣被杀。将士、大臣们为了保全性命只能选择向敌人投降。虽然这仅是崇祯帝一人的问题,但明朝皇帝的专制独裁、打压士大夫的传统,都与亡国的命运息息相关。

虽然李自成入主紫禁城,但只是昙花一现,好景不长。

出征山海关的明将吴三桂与清军勾结，击破李自成军队，攻入北京。吴三桂最初打算向李自成投降，但得知留在北京的爱妾陈圆圆被李自成部将抢走，便决定投奔清军，与紫禁城的新主人一决胜负。吴三桂这一决定成为了历史的重大转折点。作为明朝臣子，借清军之手为其君主崇祯帝复仇尚可理解，然而这样一来，无异于将全中国拱手相让。

实际在此之前，清政权曾发生过变故。太宗皇太极突然驾崩，他年仅6岁的儿子福临即位，皇太极的弟弟多尔衮摄政。福临就是清世祖顺治帝，他即位恰在崇祯帝自杀的前一年。吴三桂单因陈圆圆便与清勾结，这一说法极富戏剧性，不可全信。可是，这一时期的大诗人吴伟业所作《圆圆曲》传唱甚广，可见陈圆圆确有其人，毋庸置疑。吴三桂之所以借助清军的武力，恐怕是见皇太极后继无人[1]，政权发生内讧，便想利用清朝，一箭双雕，以图坐收渔翁之利。后来，吴三桂又起兵反清，发起"三藩之乱"，死于途中。

满族人数少，所以吴三桂也就更加自信可以取而代之。不过，事实完全出乎他的预料——顺治帝和他的儿子康熙帝均为天资聪颖的明君，励精图治，巩固了政权。如前所述，

---

[1] 长子豪格放弃即位。——作者注

与明朝相反,清朝的有道明君治世时间较长,这也是清朝统治者260余年稳坐紫禁城的原因之一。清朝平定局面出人意料地快,可见,在腐败政权的统治下,明末的中国百姓苦不堪言,亟待重见天日。比起王公将帅,平民百姓更加盼望改朝换代。因此清朝可谓顺应民意,应运而生。

李自成败逃紫禁城之时,烧毁城内众多建筑,但这对简朴的清朝宫廷无关痛痒。传说李自成可能是自杀,也可能是被民众所杀。组织是否强劲有力可以说是明清政权交替、紫禁城易主之争的关键所在。

(1984年2月)

肩上的重担

中国正史风格的纪传体史书将国家（或者政权）视角与个人视角等量齐观，能够使人立体地把握历史。但是，通史很难使用这种文体。各王朝立场不同造成列传的记述重复琐碎，令人头痛。现在通读正史二十五史（又称二十四史）的人已经寥寥无几了吧。这就好比百科词典，必要的时候先查阅目录，了解一下所需要的内容即可。然而，通史必须通读之后才能知晓。况且，读者又是现代人，更是难上加难。

教科书的编排有特定格式要求，要另当别论；而一般通史体例的史学著作也格外少。历史学者均有各自专注的研究领域，不愿涉足自己不擅长的领域，因为比较介意来自该领域专家学者严格的审视与批判。我能独立编撰15卷本的《中国历史》及《中国五千年》（上下卷），完成如此壮举是因为自己并非历史专业学者,所以也不怕断送学术前途,一旦出现差错,在后续写作中纠正过来就行了,没有什么了不得的。

司马迁作《史记》,虽然从五帝的神话开始撰写,但我认为他实际是想记录自己生活的时代。《史记》虽是纪传体史书,但与其他正史相比,它那小说化叙述风格、富有情节变化的特色是吸引读者手不释卷的独特魅力。

中国人自古以来就热衷于对比《史记》和《汉书》。《汉书》是中规中矩的史书,是在西汉灭亡70多年之后撰写的。历史风云消散,人间爱恨也在三四代之后逐渐淡薄。因此《汉书》作者能够不掺杂个人感情,以冷静客观的笔触陈述历史。正因如此,我认为《汉书》比《史记》更胜一筹。然而说到趣味性,《史记》就强得多了。在正史中,只有《史记》属于通史,虽然后世又出现断代史(某个王朝的历史),但我认为与后世作品相比,司马迁记述了他自身所生活时代的历史,这一点最具魅力。例如为周文王、孔子作传,这些都是与司马迁生活的时代相照应的。

已经故去的翦伯赞是现代中国水平最高的史学家。他来日本参加研讨会曾说:"要想更好地理解清朝时代的中国,就要读读小说《红楼梦》。"研究清代政治、社会、经济、文化等各个方面的论文著述不计其数，光看目录便会望洋兴叹。不过，如果说读小说便可以了解历史的话，那倒比阅读论文有趣得多。我身为小说家，因翦先生前面所言而备受鼓舞。

我打算将自己生活的时代写成小说，并为此作序，这堪称又一壮举。我敢如此毫无顾忌地自由写作，也与翦伯赞的话有关。我们都曾经历动乱年代，如今可以说又生逢乱世，值得一写。许多战争文学接连问世，其中不乏杰作。不过，历经这半个世纪，最通俗易懂的作品又是哪部呢？关于第一次世界大战，我们通过德国雷马克的《西线无战事》了解了士兵们的内心世界。要说反映那个时代的作品，《西线无战事》也只是其中的一部，但未能呈现出当时的总体情况，还不如托马斯·曼[1]和普鲁斯特[2]的作品，直接描绘战争画面，清楚地向人们传达了时代的讯息。

如果说日本作品中哪一部能与翦伯赞提及的《红楼梦》

1　托马斯·曼（1875—1955），德国小说家，代表作有《魔山》《布登勃洛克一家》《约瑟夫和他的兄弟们》等。
2　普鲁斯特（1871—1922），20世纪法国最伟大的小说家之一，意识流文学的先驱与大师，也是20世纪世界文学史上最伟大的小说家之一，代表作有《追忆逝水年华》。

相提并论的话,我认为应该是谷崎润一郎[1]的《细雪》。能够出现这样洋溢时代气息的作品,不得不说是日本之幸。书中还出现了邻国的西洋人,这也展现了作者的国际视野。尽管如此,我认为该作品还是存在一些不尽如人意之处,关于东亚整体动荡方面的描写感觉不够充分。

因为现在是正月,我有些信口开河也会得到谅解吧。我也被熟人直接批评:"您撰写这么多通史,却感觉现代部分占的比重相对较少。"几杯小酒下肚,我打算这样回答:"现代部分是留下写小说的。"我早就决定写完通史之后在这个正月休息的时候,重新读一读《红楼梦》《细雪》和普鲁斯特写的一本书。所以,我非但没有卸下肩上的担子,反而觉得负担更重了。

(1984年1月)

---

[1] 谷崎润一郎(1886—1965),日本著名小说家,唯美派文学主要代表人物之一,《源氏物语》现代文译者,代表作有《刺青》《春琴抄》《细雪》等。

为何做人物评论

中国史书大致分为两种体裁：一种是以司马迁的《史记》为首的二十四史的纪传体；另一种是以《春秋》和司马光的《资治通鉴》为例的编年体。但无论如何，纪传体还是中国史书的主流体裁。

纪传体史书所持的历史观是把人物传记看作历史的主要因素。

众所周知，纷争四起的乱世远比风平浪静的和平年代更受人们关注。而人的命运又与历史进程息息相关，甚至可以将传记的总和看作一部历史。既然如此，也就难怪人们对危机时代的历史人物更感兴趣了。

明朝的李贽（1527—1602）也应称为王阳明左派思想家。他通过人物评述抨击历史，抨击来抨击去，便绕到批判当时的政治上来。李贽出生于福建省泉州，实际上也算是我祖籍地的老前辈。因为有这层关系,我还是比较偏爱李贽的。不过,他那特立独行的思想和放荡不羁的言行害了他,最终被逼上绝路,在狱中自杀身亡。这和他的人物评论一针见血、极具震慑力也不无关系。

在评论蜀国丞相诸葛亮与魏国将军司马懿对峙五丈原时,李贽认为就排兵布阵、指挥作战而言,司马懿比孔明更为优秀。

读到其他内容就会发现,李贽其实并不喜欢司马懿。但是,讨论这位野战将军的指挥才能时,他却能客观冷静地做出判断,毫不否认司马懿的过人之处,判定司马氏更胜一筹。能将那写出《出师表》、令天下动容的孔明置于司马懿之下,足见他拥有何等过人的勇气。但是,评论人物对李贽来说并不是文字游戏,而是对历史的批判,也是对当前政治的批判。

李贽出生于明朝由盛转衰的时期。一方面,丰臣秀吉出兵朝鲜;另一方面,东北地区的满族势力抬头,正逐渐积攒着实力,全国各地民怨四起。李贽率先敏锐地察觉到国家的危机。正因如此,他才不顾性命安危,全身心致力于人物评论。

阅读史书就会发现,人物评论从东汉末年到魏晋时期最为盛行。听过三国故事的人都知道,那时正值中国未曾有过的动乱时期。

三国时期是中国历史上四百年大分裂时期的开端。以我之见,春秋战国时期还不算是分裂期,只不过是中国文明圈的扩张期。在这一时期中,短期的分裂虽然在所难免,但从根本上说中国还是统一的。在以统一为主流的中国历史中,唯一的例外便是从三国时代开始的长期分裂。当时的有识之士应该已经感应到了时代危机,而其中的一种表现便是流行人物评论。

在那个时代,出现了专门的人物评论家,以东汉的郭泰最为有名。与评论历史人物相比,他评论更多的是当时尚且在世的人物。而且用这种方式发现有用人才,再向社会推荐。当时出现了士大夫、贵族与宦官的派阀争斗事件,称为党锢之祸。为此国本不固,江山动摇,甚至像大将军窦武和重臣陈蕃那样的人物也被宦官所杀。有心之人一定有一种不祥的预感,其中一人便是郭泰。他是被危机感驱使才开始致力于撰写人物评论的。

郭泰,字林宗。下雨时,他稍微折起头巾一角,看上去甚是潇洒帅气,这被人们争相模仿,世人称"林宗巾"。"林宗巾"一时流行起来,竟形成一种潮流,人物评论家也成了时代明星。

发现郭泰的，是一位叫符融的人。他也是当时著名的人物评论家。

同一时代，还有一个叫许劭的人。他出生于汝南郡平兴县，是人们熟知的人物鉴定家。曹操没出名之前也请许劭为自己做过品评。

许劭对曹操的评价是"治世之能臣，乱世之奸雄"。

《后汉书》中记载，曹操听闻许劭对自己如此评价，非常开心。

许劭的堂兄许靖也是一个优秀人物，另外他还有一位好友名叫李逵。虽然后来他们的关系渐渐疏远，但当时这几个人每月初一聚集，经常品评人物，展开论战。古人将每月第一天称为"旦""元旦"等，于是当时人们将许劭等人举办的例行人物品评会称为"月旦评"。"月旦"这个词也由此产生。

历史的核心是人。具有危机感的时代人士痴迷人物评论，是想以历史为鉴，一心考虑出路，斟酌时代的未来走向。我不禁将最近出版的《人物 中国的历史》和2世纪的月旦评联系起来。历史文献中并没有留下月旦评评论的细节，但不知为什么总感觉能推测出当时到底评论了些什么。

（1981年5月）

我与《三国志》

自懂事起,我便爱上了《三国志》。

犹记得祖父的书架上放着一套《三国演义》。那是一套6卷本读物,第一卷有主要出场人物的画像,其他地方还有插图。我从还不识字时起,就取出这本书,目不转睛盯着那些图画看。对于我自己来说,这些是模糊的记忆。长大后,家里人经常聊起我爱看书的趣事,听得多了,记忆也就加深了。

我还清晰地记得,父亲、叔父或者比我大三岁的哥哥,那时候时常会给我讲解书中的插图。

"这是好人这边的一员大将。"

"这是坏人的头目。"

我就这样学到了一些东西。很可能前者指的是刘备,后者指的是曹操。

日本的《平家物语》《太平记》等史书是通过弹琵琶的盲僧和读《太平记》的说书人讲述的，因而属于平民百姓记录下来的历史。《三国志》也是如此。很早之前就有"说三分"，讲述三分天下的原委。那些职业说书艺人活跃在庙会上，口若悬河、滔滔不绝的说书情形也被记录下来。

　　《三国志》属于正史史书，因叙述简洁为人们熟知，但完全不具有娱乐性。在日本引起邪马台国论争[1]的《魏志·倭人传》，实际上写的就是《三国志·魏书·东夷传》中关于倭人的内容。《三国志》是由《魏书》《蜀书》《吴书》三部分构成。由于太过简洁，有些地方不易理解。一位名叫裴松之的人给《三国志》做了详细注释。我们可以借助这些注释更好地理解《三国志》所记述的时代。尽管如此，《三国志》还是太过于学术化。因此，说书人进一步绞尽脑汁创作有趣的脚本，形成了通行本，那就是《三国演义》，甚至一般称《三国志》的也是指《三国演义》。

　　老百姓一般都热衷于动乱时代的故事。日本的《平家物

---

[1] 《三国志·魏书·东夷传》中提到，三国时代日本九州岛东北部有一个很大的女王国叫"邪马台国"。现在国际权威学术界一致认为"邪马台国"是日本的起源。

语》和《太平记》是以源平合战[1]时代和南北朝抗争期[2]为历史背景展开叙述的。太平时代因为缺少变化而平淡无奇，所以显得索然无趣。但是，只有动乱期勇夫的故事，并不能打动人心。仅停留在肤浅的表面性述说上，并没有达到深度感动的话，也很快就会让人忘却。因此，在某种程度上，为了感人必须穿插悲剧桥段。日本的《平家物语》就直接描写了平家灭亡的悲剧故事；《太平记》则主要从楠木正成[3]和新田义贞[4]战死的情节中选取了吉野朝[5]衰亡这一重大悲剧元素。

《三国志》也是一样。能够深深触动百姓之心，不仅仅因为英雄豪杰们的辉煌战绩，更在于这本书有东汉王朝灭亡的时代背景——这一极其浓厚的悲剧要素，才让故事如此令

---

1 源平合战史称"治承·寿永之乱"，指日本平安时代末期，1180年至1185年的6年间，源氏和平氏两大武士家族集团一系列争夺权力的战争的总称。

2 南北朝时期（1336—1392）日本同时出现了南北两个天皇，并有各自的传承，是日本历史上一段分裂时期。

3 楠木正成（1294？—1336），幼名多闻丸，明治时代起尊称大楠公，为镰仓幕府末期到南北朝时期的著名武将，是日本史中三大末代悲剧英雄之一。

4 新田义贞（1301—1338），幼名小太郎，正式名为源义贞，为镰仓幕府末期到南北朝时期的著名武将，河内源氏一族，新田氏第八代当主。其辅佐后醍醐天皇，灭亡镰仓幕府。

5 日本南北朝时代大觉寺统的吉野朝廷，即日本南朝。

人动容。不过,我认为构成《三国志》悲剧主题的,不是王朝灭亡,而是人的悲剧。例如,败走麦城的关羽之悲剧;一心为复兴汉室却中途受挫的刘备之遗憾;因向决定成败的五丈原派兵而抱病辞世的诸葛亮之悲剧,等等。

中国人家中经常供奉关羽,我的家里也是如此。关帝庙在中国各地也很常见。神户只有七八千中国人居住,那里只有一座中国寺庙,就是关帝庙。

试想一下,将关羽称为"关帝"极为滑稽可笑。关羽绝非帝王,只是效忠于蜀汉皇帝刘备的一员大将而已。如同效力于后醍醐天皇的楠木正成,日本无人会将楠木正成称呼为"帝",只是在凑川神社奉他为神,祭拜他。在中国,关羽虽不是一朝天子,但人们将其奉上神位加以祭拜时,却习惯以"帝"号相称。

明治之后才在神户建立起来的凑川神社威严而壮观。而它的前身"呜呼忠臣楠子之墓"不过是个小祠堂而已。据当地的老辈人介绍,相传之前这个小祠被称为"遗憾祠"。楠木正成走到了山穷水尽的境地,不得已在凑川切腹自尽。想必人们一定非常同情他而感到万分遗憾吧。由此可见,中国的老百姓也一定非常同情关云长。

蜀将关羽是被魏曹操和东吴孙权的联军所打败的。抓住关羽的是吴军总司令官吕蒙和副司令孙皎。关羽的头被砍下之际，吕蒙在公安病死。且关羽行刑之后孙皎也随即死去。关羽的首级送到曹操处，曹操也病故了。

将《三国志》小说化的《三国演义》自然把这一系列的死亡归结于关羽的怨灵作祟。吕蒙在《三国演义》中最终被关羽的怨灵缠住苦闷而死。正史《三国志》可从未这样写过。

事实上，吕蒙从前就一直为宿疾所苦，所以他的死绝非偶然。但如若不写成因关羽的怨灵作祟苦闷而死，百姓便无法接受。把历史写成小说时，必须充分考虑到百姓的愿望才行。

百姓期待能够听到通俗易懂的故事。把《三国志》改编成小说、评书，从而诞生了《三国演义》。另外还有一部《东周列国传》则是把《史记》中春秋战国时代的故事改编成了小说。虽然《东周列国传》也拥有众多读者，但是远远不及《三国演义》。虽然有文字魅力的差距，不过，更重要的原因还是春秋战国时代的时间跨度实在太大，诸侯国数量极多，关系也过于繁杂。即使在优胜劣汰之后还剩7国之多，说书场所的观众也仍然会感到大脑混乱，难以区分。

从东汉末年到三国时代，由于只形成了三足鼎立之势，比起春秋战国七雄争霸简单易懂。从时间上看也是如此，跨度只是从开篇英雄到其下一代，容易厘清。

故事中的主人公也必须性格鲜明、容易理解才行。因为人性比较复杂，有光也有影，所以不能过分强调阴暗的那一面。不过如果可能的话，老百姓希望故事中的正面角色始终都是善良的，而反面人物则应是彻头彻尾的凶狠残暴。

黄巾之乱后，刘备担任了安喜县的县尉之职，相当于村长级别的官职。行政监察官督邮到那里视察工作。因为上司督邮十分傲慢，刘备前去迎接却没有出来接见。刘备气愤不已，便擅自闯入馆驿，绑住督邮，打了督邮二百鞭，然后解开印绶（任官的印章）挂在对方的脖子上就逃跑了。这一事件也被记载在《三国志》中。

可是，刘备作为正面人物，行事怎能如此荒唐，读者不能信服。刘备后来继承帝位，又有诸葛亮在身边辅佐，因此成名之前是不可以有无赖行径的。正巧刘备身边有个出名的莽撞人张飞，于是，《三国演义》就把这段逸事改编成张飞将督邮绑起来打个半死，而刘备急忙阻止并帮助督邮脱险，如此演绎了一番。

《三国演义》把刘备塑造成正面角色，同时却将曹操打造成了彻头彻尾的大恶人。曹操逃出洛阳之时，决定杀掉吕伯奢一家，但《三国志》中没有记载这段往事。杂书中是这样讲的：投奔旧友吕伯奢时，吕氏本人不在家，他的儿子们要抢曹操的马匹和财物，曹操才杀了他们。这样的话，曹操应该属于正当防卫。可是，因为曹操是反派人物，必须罪大恶极，所以就把他塑造成了无血无泪、无情无义、极端残酷的大恶人。实际上曹操是那个时代罕见的大诗人，而且应该是一个情感丰富的大才子。

吉川英治所著的《三国志》以《三国演义》为蓝本，并加入了历代百姓的愿望。该书文字易于理解，既具有悲剧性，又不乏趣味性。日本读者也如同中国的读者一般，阅读到紧张情节时也是手心里捏着一把汗。而且，如果读者对故事中的人物还能进行一些再加工，那就再好不过了。而对于现在的读者来说，这肯定是不成问题的。

（1980年1月）

诗人的旅行

"古人经常在旅途之中客死他乡。"

松尾芭蕉在《奥之细道》的序言中描述了他旅行出发时的心境,其中就有如上这句话。根据注释可知,旅途中身故的古人是指芭蕉敬仰的西行法师、宗祇、李白及杜甫。芭蕉将如浮云般任风吹拂、漂泊不定的自己悄悄比作李白和杜甫。

就如那句"品尝李杜精心酿造之美酒"所描写的,芭蕉对李白、杜甫情有独钟,非比寻常。不过,对于芭蕉来说,俳谐是"只此一线相牵连",没有什么功利色彩。

虽说如此,对于李白和杜甫来说,诗文则是以天下为己任的"士"人的修养。为了报效国家,磨励文笔,练达诗文,力争科举及第是首要的。李白和杜甫也有志于此。唐代与宋代之后的情况不同,不仅有科举取士的考试方式,通过选贤举能的举荐方式也可步入仕途。当然，为获得推荐，诗文必须文采出众。李白30岁时因作《上安州裴长史书》《与韩荆州书》等而获得认可，希望得到官职。杜甫也是如此。虽然他科举失败，但仍然向高官赠诗，参与猎官活动。

说起猎官活动，虽令人感到厌恶，但若因此能谋得一官半职，便可造福天下黎民百姓，的确是志向高远啊。李白与杜甫20多岁便夜以继日地四处游历。广义地说，这也是猎官活动。他们一定是暗暗期待自己的才能得到赏识，名声远扬，并传入权威人士耳中。政治是依靠人际关系推动的，为此需要游历四方，结识地方上的权威人士，这样就可以为将来做官时获得更多的支持做准备。而且他们也考虑到这些地方长官一旦有朝一日升至中央，担任朝廷重职，对他们会更有利。因此，他们的旅行极具政治色彩，与芭蕉单纯地追求风雅不尽相同。他们虽然也是一边旅行一边写诗，但胸怀一种信念，那就是那些诗文能在某种程度上为他们求取仕途发挥一定作用。

"盖文章经国之大业，不朽之盛事。"魏文帝曹丕（187—226）的这句话道出了文人著述文章的信念。芭蕉认为俳句并无功利目的，就像冬天的扇子、夏天的炉子一样。

由此可见，芭蕉的旅行与李杜的游历在本质上完全不同。

李杜所作羁旅诗中以描写人际关系的作品居多，如《黄鹤楼送孟浩然之广陵》《鲁郡东门送杜二甫》《月夜江行，寄崔员外宗之》《天末怀李白》《江南怀李龟年》等。其余的多数为咏史怀古的诗句。咏史怀古作品中尤以李白的《越中览古》和杜甫的《蜀相》最为有名。前者的内容与越王勾践有关；后者则以诸葛亮为主题。从广义上讲，这两首诗也含有人际关系方面的内容。

李杜游历山川是为了谋求支持，结交同道志士，并神交历史人物。吟咏自然之诗，只不过是顺便为之。据说，李白在四川彭明县度过了少年时代，20岁起去峨眉山游玩，甚至去过青海附近的岷山。他与朋友吴指南出游楚地，足迹踏遍洞庭、武昌、金陵、扬州、襄阳等地。归蜀后，又前往越中。他们的确是四处游历、浪迹天涯。李白30岁左右时因为与许圉师的孙女结婚才暂时在安陆（湖北）安顿下来。虽说稳定，但他也只是把家安在安陆，继而又踏上旅途，经襄阳、洛阳、太原、衮州，直至江南、会稽，最终年过40才被召至长安。

比李白小11岁的杜甫也是20岁左右游历吴越之地，返回洛阳后参加科举并未及第，于是继续在齐赵等地游走。杜甫与李白在天宝三年（744）见面。那时，杜甫正处于游历将要结束之时，而李白则被朝廷流放，开始了人生后期的漂泊。二人同游济州和衮州，在鲁郡县东石门告别。李白的辞别诗如下：

    何时石门路，重有金樽开。

杜甫与李白作别后，也写了一首《春日忆李白》。其中有"何时一尊酒，重与细论文"这样的诗句。

安禄山之乱后，杜甫官升至左拾遗。虽得高官，但因时值饥荒，最终弃官而去。从秦州到同谷，后又不得不越过险峻的蜀道前往成都。

安禄山叛乱时，李白加入了挑起勤皇义军大旗的永王李璘的阵营。可是，肃宗与弟弟李璘不和，义军被视为叛军，李白因参与叛军而入狱浔阳。后来被免去死罪，流放夜郎，行至白帝城之时获得赦免。当时他已经年至花甲。即便如此，李白仍然前去武昌、金陵、扬州等地游历，后于62岁客死在当涂李阳冰家中。

李白和杜甫皆客死于旅途之中。但是，他们的旅行并不是像芭蕉认为的追求风雅，二人晚年的旅程是因饥荒、放逐、流放等不得已而为之，行程惨淡，漂泊不定。

如今，我们能够读到李白和杜甫留下的大量旅行诗文。有些诗中洋溢着青春的希冀，期盼为自己的未来打下基础，兴致勃勃地踏上旅途；有些诗为晚年漂泊时所作，其中充满艰辛苦涩。我们必须将其两相对照，方可深入了解个中滋味。李白的《早发白帝城》洋溢着接受赦免后返回江陵的欣喜之情。有人说，"千里江陵一日还"从距离看是不是小题大做了？在三峡激流之中，一叶轻舟转眼可过万重山，早上出发晚上不可能到不了。不过与此相比，这首诗的精彩之处就在于它生动地表达了李白当时获得赦免后一身轻松的状态与欢喜雀跃的心情。

> 落日心犹壮，秋风病欲苏。

这是杜甫于去世前一年行至湖南时所作的一首诗——《江汉》。他看着火红的夕阳，便又鼓起勇气，在秋风吹拂下病体似乎也康复了。晚年的李白在旅途中一定也是同样胸怀壮志。落日和秋风，对于李杜而言，不是触景生情，而是在鼓舞世人展现对抗现世的壮志之心。

杜甫的《江汉》以"古来存老马，不必取长途"结束全诗。

古人养老马,不是指望它长途跋涉,而是用其智慧。同样,人虽年老体弱,但因经验丰富,见多识广,仍可为国家效力。就这样,垂暮之年的杜甫,在旅途中仍在开导自己:即使老了,也有适合的积极的生活方式。

(1986年8月)

《秦妇吟》

唐末有一个名叫韦庄的诗人,在唐灭亡后曾官至四川地方政权"前蜀"宰相。他是盛唐诗人韦应物的四世孙,其诗人品格,在唐末出类拔萃。《唐诗选》几乎未收录唐末的作品,却收录了韦庄的一首七言绝句,足见其诗文超群。

韦庄在唐末动乱时期经历了黄巢之乱(875—884),并且创作了长篇叙事诗《秦妇吟》。"秦"是长安一带的地名。首都长安的一名女子原本过着平静的生活,却突然卷入战乱,被黄巢军带走。该诗以这个女子的口吻,讲述她的流浪经历,生动地描绘了花都长安变成废墟的过程。这首七言长诗共238句,令当时的人们闻之动容。

乾宁元年(890),黄巢之乱结束,韦庄终于科举及第,成了进士,而他早已因《秦妇吟》广为人知。为此,人们称他为"秦妇吟秀才"。

实际上，同时代的很多人都遭遇了相同的不幸，只是绝大多数人没有能力将这种经历化作诗句，所以《秦妇吟》引起了人们强烈的共鸣。《秦妇吟》极为世人看重，广为传诵，用今天的话说就是"超级畅销"。只要是有些学问的人，都能够将1666字的诗文全篇背诵。他们一边流泪一边吟诵，心中一定暗暗祈祷"唯愿这样的日子不要再来"。人们应该是根据《秦妇吟》做了大量的抄本。但是，《秦妇吟》却在很早以前就失传了，没有传到20世纪。

这么脍炙人口的作品转瞬间便消失在历史的长河中，其原因或许是多方面的。首先，这首长诗并没有收录在韦庄的文集《浣花集》中；其次，其篇幅太长——《秦妇吟》的长度约为白居易《长恨歌》的两倍，实在过于冗长；另外，与诗中主人的知名度也不无关系。提起《长恨歌》，人尽皆知文中的主人公是杨贵妃；而《秦妇吟》则不同，故事的主人公仅是一位居住在长安的无名妇人。

主人公没有名气，但是作者韦庄很有名。虽与白居易相比稍微逊色，但韦庄也是唐末的一位名人，留下《浣花集》6卷。但《秦妇吟》终究没能流传下来。不过，因其曾经令人感动落泪，想来定非拙劣的作品。

后世之人虽知晓曾有《秦妇吟》这一长篇名作问世，但并不了解其全部内容。该篇其中部分也曾被其他著作引用。如《唐才子传》便引用了《秦妇吟》中的："内库烧为锦绣灰，天街踏尽公卿骨。"而宋朝孙光宪在《北梦琐言》中提到，实际上因为这句诗被公卿大臣诋毁，韦庄便忌讳《秦妇吟》，不准把这首诗写在屏风上。

令人匪夷所思的是，公卿大臣也经历过动乱，却对"踏尽公卿骨"这句气愤不已。据陈寅恪推测，当时的诏书上甚至出现了"宗庙焚烧"的字眼。可见，韦庄没有将其收录在自己的文集里，妨碍了作品的流传，大概是因为作品中的原型关系到动乱之后的掌权者。

人类的记忆具有过滤功能，忘却不愉快似乎是人的本能。时间是治愈烦恼的良药，痛苦也好，悲伤也好，时间会冲淡一切。人们无法承受一直背负动乱时期的痛苦。这可能是一种自我防御的本能——《秦妇吟》迅速被人们忘却，抄本一本都没有流传下来。

1900年，遗失的《秦妇吟》再现于敦煌。在现在被称为第16窟的石窟侧壁中，人们发现了一个用泥封住的小房间。虽然发现这个小屋的王道士讲了很多，不过很可能是他在这里吸烟时发觉烟被墙体的裂缝吸进去了，觉得不可思议才查看的，大概这才是真相。这个小室为第17窟。

第17窟内陈列着许多古代文书、佛画、佛具之类的物品，一直堆积到天井。1907年的斯坦因[1]及1908年的伯希和[2]，分别掳走了这些文物的三分之一；日本的大谷探险队[3]也掠获了若干。后来，清政府收集剩余文物，将其运往北京。所以，如今敦煌第17窟中一件文物也没有。据说，这里原有文物达三四万件之多。一张纸片，或一轴长卷也被计为"1件"。其中《秦妇吟》共有9件：斯坦因掳走3件；伯希和掳走5件（其中的1件只有20行）；日本的大谷掳走1件。

伯希和从敦煌掳走的文物最终交由巴黎的法国国家图书馆收藏。我在1984年才有机会阅览这几件文物。

因为浏览时间有限制，所以必须把时间集中在真正想看的东西上。管理员借给我的目录索引是由中国商务印书馆出版的《伯希和劫经录》，意即伯希和偷盗的经文目录。自不必说，我选择的几件中就有《秦妇吟》。

1　斯坦因（1862—1943），英国著名考古学家，国际敦煌学开山鼻祖之一。他是今天英国与印度所藏敦煌与中亚文物的主要搜集者，也是最早的研究者与公布者之一，代表作有《古代和田》等。
2　伯希和（1878—1945），著名的法国汉学家、探险家，欧美公认的中国学领袖，其影响遍及欧美、日本及中国，代表作有《摩尼教流行中国考》等。
3　即日本大谷光瑞派遣的探险队。大谷光瑞是京都西本愿寺第21代宗主大谷光尊的长子，后继任净土宗本愿寺第22代宗主。

其实我已清楚《秦妇吟》的全文内容,所以并不是很想阅读这些文字,只是希望将这尘封了近千年的千古名篇拿在手里好好看一看。我选的那部分内容在末尾标记着"显德二年[1]就家学士郎马富德记录"。由此可见,虽然韦庄逝世(910)已有40余年,其作品却依然在被抄录转载。

敦煌于1036年为党项族建立的西夏国所占领。第17窟的文物但凡标有纪年的,全部是在此之前的。虽然那些文物中也有像《秦妇吟》这样与佛典毫无关系的作品,但大部分都是与佛教相关的著述。因为西夏军逼近,有人便将经文全都藏在这个小室之中——这似乎是最合理的推测。井上靖的小说《敦煌》便是以此为蓝本创作的。既然敦煌与西夏接触已久,就应该知道西夏不乏虔诚的佛教信徒,那样就不怕经文会遭到损坏了。那么为什么还要藏起来呢?所以另一种说法更有说服力——那只是收存旧经文的场所,并不是有意隐藏。然而,如若并非有意隐藏,便没有必要用泥封住,所以此说依旧难以令人信服。

敦煌的居民作为佛教徒,或许他们畏惧的并不是来自东边的信仰佛教的西夏,而是来自西方的喀喇汉王朝。常书鸿

---

[1] 五代后周的年号,相当于955年。——作者注

先生也指出存在这一可能性。喀喇汉王朝的记录不甚确切。有人认为他们是在纳赛尔·伊利库汗（992—1013年在位）时代来到和田地区的。从那里途经楼兰来到敦煌，是古代丝绸之路的主要路线。

面对生命和信仰危机，所有人的精神都高度紧张，丝绸之路上传来的消息牵动着人们的神经。人们便藏好经文，凝神屏吸，静观其变。喀喇汉王朝控制和田是在它的鼎盛期。之后王朝分裂，失去了向东扩张的能力。危机过去后，这段记忆也在敦煌被淡忘了。

人人传唱的《秦妇吟》，人人深切关心的丝绸之路的信息，都渐渐消失在历史的长河中。然而，就在不经意间，第17窟密室被发现，这些被尘封已久的历史记忆便得以重见天日。

（1985年5月）

《西游记》杂感

7世纪上半叶,唐玄奘,即三藏法师,前往遥远的印度求取真经。回国后,他将游历各国的详细经过著成《大唐西域记》。这部著作应该称为地理乡土志,并不是旅行游记。可以说,书里完全没出现玄奘本人。

玄奘在7世纪上半叶的旅行充满着苦难。虽然他经常向弟子讲述,但他却并未将那些苦难的经历写进书里。依玄奘的性格,他并不愿意过多强调冒险的功绩。玄奘徒弟慧立和彦宗编写的《大慈恩寺三藏法师传》是后世了解玄奘西行之旅的基础资料。

对当时的中国人来说,西域、天竺等皆是遥远的异域。而中国人又认为异域中充斥着妖魔鬼怪。所以人们觉得玄奘能够平安往返天竺一定是有佛祖菩萨保佑。那么佛祖到底是如何保护玄奘的呢?人们自然会认为,上天会派遣神通广大、法力无边的人来保护玄奘的肉身。于是,"妖怪"孙悟空便应运而生。可以说,孙悟空是中国民众凭空想象出来的。

一般认为,有孙悟空这一角色的《西游记》是明代文人吴承恩创作的。不过,在吴氏出生前,关于三藏法师的取经故事已经以"西游记"为题出版发行了。以此为证,《西游记》可能不完全是吴承恩创作完成的。

高丽后期正值中国的元代。在当时朝鲜的汉语会话书《朴通事谚解》中有这样的对话。对话场景是书店:

"买什么书?"

"买唐三藏西游记。"

"要是买书的话,孔子的书是很好的选择。"

"但是西游记的故事很热闹,无聊的时候读一读感觉不错。"

由此可见,无聊时能用来解闷的、有趣的西游记故事书,早在吴承恩版的《西游记》问世之前便已经存在了。

即使在现代中国,演绎孙悟空的戏剧仍是演艺界的"摇钱树"。京剧《大闹天宫》一直是最卖座的剧目。究其原因,无非是孙悟空获得了中国民众的支持。其实获得民众支持也是理所当然的。因为如前所述,孙悟空其实完全是中国民众想象的产物。任何人进行创作的时候,都会依据个人喜好,而孙悟空便是根据中国民众的喜好创作出来的。

起初,恐怕只是和尚把三藏法师的传奇取经故事讲给善男信女们。不过要是太严肃地说教,听的人便会感到很无聊。于是,他们逐渐在讲述中加入惊险的情节,制造悬念,引起人们的兴趣。我觉得正是经过这样的润色,故事才变得更有趣。唐之后的宋,作为大众表演的戏码,西游故事的剧情才真正明确下来。

"故事人"这一职业诞生了,或是应该叫"说书先生"吧。很多时候,他们把史书中记载的晦涩难懂的事件改编成通俗易懂的故事讲给民众。毫无疑问,最受欢迎的历史故事便是《三国志》。接下来,与其说是新一点的历史,不如说是话题事件也很有人气。与江户时代忠臣藏[1]的故事比较相近的就是《水浒传》。

说书先生除了讲述历史故事和事件外,还擅长生动地讲述佛教宣传故事——唐代称作"变文"。三藏取经故事就这样通过说书先生之口流传了下来。

---

1 即"赤穗浪士"大石内藏助,元禄十五年(1702)为报旧主浅野长矩之仇,率众攻入高家吉良义央的府邸,将吉良义央及其家人杀害(元禄赤穗事件)。

尽管是演绎，但像《三国志》这样的历史故事也不能随意篡改。而像《水浒传》这样的历史事件，虽然可以大加润色，但还是受到表演场面的约束，不得发挥。只有三藏法师取经的故事不受任何限制，可以自由发挥——流沙和连绵不断的异域风景都在舞台上呈现出来，还有释迦摩尼和观音菩萨等神佛也悉数登场。

西游记的故事最初是以三藏法师为主人公的，孙悟空这样的妖猴只是配角。但不知从何时起，配角孙悟空却摇身一变成了故事的主角。

这是因为孙悟空这个角色原本并不存在，所以怎样描写都没问题。说书先生使出看家本领让孙悟空千变万化，异常活跃。说书先生在大批观众面前表演，观众的反应也很直接：如果有趣，就会掌声喝彩声不断；如若无趣，便会有人打着哈欠离席而去。故事无趣便会影响收入，这与说书先生的生计息息相关。于是，若说到某个情节时有观众打哈欠退席，那么在接下来的表演中就一定会把这一段删掉。

主人公孙悟空也在说书过程中，根据观众的反应不断被加工打磨，直至演变成现在的形象。就此而言，可以说孙悟空就是中国民众创造的。

想了解中国民众喜欢何种类型的人物，只要研究他们创造出来的孙悟空这一形象，便可以大致明了。

孙悟空易怒，一生气就闯祸。表现孙悟空荒唐放肆的场面，最精彩的要数《大闹天宫》了。悟空怒闯瑶池，在王母娘娘亲自栽培的蟠桃园中把仙桃吃了个够。发现自己未被蟠桃大会邀请，孙悟空就更生气了。于是，他到处破坏，把天宫搞得乌烟瘴气，一顿胡吃海塞，将瑶池中的美酒也畅饮了一番。

玉帝震怒，陆续派出四大天王和十万天兵。孙悟空与之打斗的场面，无论是评书还是舞台剧，都精彩万分。

孙悟空的确是一个行为粗野的叛逆者，但他也比任何人都更加坦率爽直。在这个世界上，很多人心中虽有怒气，脸上却仍然陪笑，亦或笑里藏刀。大概世上少有像孙悟空这样直率的人了，因此也才彰显出他的价值。孙悟空一发火就面红耳赤，大吵大嚷，想吃东西就毫无顾虑地大吃一顿。实际上对于一般民众而言，这是根本无法实现的。在家中，被家长制束缚，无法畅所欲言；在外面，也不得不仰官员和贵族之鼻息。哪怕一次也好，真想狠狠地把平素压制自己的人踢倒，或是痛痛快快地扇他一顿耳光。心存如此想法的人应该不在少数。

孙悟空替那些压抑已久的民众，在评书和戏剧里畅快淋漓地实现了他们在现实中难以做出的事。民众在喝彩声中也寄托着他们无力实现的内心祈愿。贯穿《西游记》全篇，孙悟空无论到哪里都是横冲直撞。在陪同法师前往天竺的途中，他一路斩妖除魔，武打的场面比比皆是。在京剧剧目中也是一样，最受欢迎的还是《大闹天宫》这部分内容，甚至提到戏剧《西游记》，好像就是指《大闹天宫》这出戏。

《大闹天宫》这出戏交代了西游故事的缘起，即孙悟空为何成为三藏法师的弟子，护送其去天竺取经。所以，《大闹天宫》也是《西游记》整个故事中最重要的场面。但是，整个故事中只有这出戏反复上演。这出戏如此受欢迎，上述的这一点还不足以成为全部理由。让我们再深入分析一下。

在后来的打斗中，孙悟空的对手都是妖怪，因为其自身也是被降服的妖怪，可以说是与平等的对手交战。相比之下，《大闹天宫》中的悟空的对手是以玉帝为代表的神仙。孙悟空也被纳入那个制度体系，曾获封"弼马温"一职。只是这一官职不入流，实属没有等级的末端小吏。孙悟空得知真相后，显露本色，迅速反下天庭。后来，他又被拉拢，获封徒有虚名的"齐天大圣"。总之，《大闹天宫》中的打斗不是双方对等的战斗，而是孙悟空对曾经所属世界中的统治阶层宣战，是反叛，是惊人的壮举。

冲撞上级，任性妄为，这对于普通民众来说，可谓魅力无限。民众一直被统治者压制，反抗情绪却只能藏在心里。能将民众心中的愿望具体化后在舞台上呈现出来供人观看的，就是《大闹天宫》这出戏。

普通民众喜欢这种看似粗野放荡，但内心却天真无邪的人物。不只是《西游记》的孙悟空，《水浒传》中的一些人物也是如此。从放荡不羁的花和尚鲁智深到打虎英雄武松，这些性格爽朗明快的人物比首领宋江更受欢迎。心思复杂的人物，或许颇有趣味，但普通的民众不容易理解，总觉得难以接近。

在戏剧情节中如若没有打斗的动作戏，观众会感到无趣。而情感描写丰富的心理剧情，对观众来说也是百无聊赖。《西游记》被改编成戏剧时，正值明代阳明学的行动哲学渐渐成为社会思想主流。而在此之前的宋代理学，知识至上的倾向更为强烈。崇尚行动的时代风潮，或许也为孙悟空的武戏最终成型助了一臂之力。

中国的文艺一直以诗和历史为正统，小说和戏剧属于非主流，因那是科举考试名落孙山的人用笔名创作的东西。相应的，写小说时，在某种程度上可以轻松落笔，自由叙述。而且读者多是普通民众，所以要尽量写得通俗易懂。不过,儒家崇尚依照事实原原本本地讲述。这种执笔的观念在读书人头脑中已经根深蒂固,所以他们不擅长描写非现实的世界。

《西游记》堪称小说界的幸运儿,也可谓是戏剧界的奇葩。因为其故事背景从未有人见过,在创作过程中可以尽情展开想象。换言之,《西游记》也可说是优秀的奇幻小说。

迄今为止被主流文艺所排斥的民间传承在《西游记》中大放异彩。人们的想象力是漫无边际的,但还是不能无中生有。以历史原型为素材,再凭借想象力将其扩充发展,演化变形。专家们也一直在研究《西游记》中的民间传承要素。

民间传承与百姓生活关系密切。对于普通民众来说,承载着各种各样民间传承形式的《西游记》自然令人感到十分亲切。

使孙悟空登上舞台的一定是武打戏。这种武打搏斗必须与戏剧的另一类型——杂技相结合。演员不能自我封闭,他们要注意外面的世界,关注观众的需求,这也算是孙悟空的功绩之一。观众们享受荒诞离奇的故事情节给他们带来的乐趣,领略武打杂技的高超精妙,而且从孙悟空那天真烂漫、放荡不羁的个性中获得无限快乐与心理慰藉。

即使从演员的角度看,扮演孙悟空这个角色也很有乐趣。听说当时还有这样的趣闻：孙悟空本是猿猴，演员一定要表现出猴子的特点才会使其更加生动逼真，达到良好的演出效果。所以演员为了演好这个角色，哪怕只是一个面部表情也要去动物园观察一番，尽量做到惟妙惟肖。

孙悟空的武戏是以《大闹天宫》为代表，但偶尔也会上演《芭蕉扇》这出戏。铁扇公主这一女性角色登场，为《西游记》故事增添了色彩，所以观众十分开心。这出戏发生的场景便是有名的火焰山。

在拘泥繁文缛节的中国，有《西游记》这样一部作品存在也是一种心灵的慰藉。看到清朝慈禧太后笃爱的颐和园长廊下绘制着连篇的《西游记》故事，便可深切感受到，人们不论地位高低都极其喜爱这个故事。《西游记》竟有如此魅力！

没有比《西游记》更能让那么多人开心的故事了。这部作品是中国大众文学和大众艺术的宝库，以后也会继续发挥它应有的作用和价值。

（1980年6月）

林则徐和语言学

在鸦片战争中成名的林则徐出生于福建省侯官县，即现在的福州市。1985年正值他诞辰200周年，中国各地举行了各种各样的纪念活动。10月在福州市召开的座谈会是其中之一。我在座谈会结束后坐车经由泉州前往厦门。

从福州到泉州的路程大约需要2个小时，莆田县正好在两市之间。我了解到，实际上林则徐的祖上到他的前几代一直住在莆田县。这个地方濒临海岸线，多数人家连一扇窗户都没有，只有进出的门。不只老旧的房屋如此，好像那些新建的住宅也是这样。福州出身的司机耸着肩说："这一带的居民为了不让福气外逃，所以不做窗户。这简直是荒唐透顶的迷信。"

我后来才知道，没有窗户的住宅非常凉爽，即使是夏天也很惬意。据说，广东东部也是这样建造房屋的。这不是迷信,而是体现现实生活智慧的建筑方法。

一提起莆田,首先我们的头脑中就会浮现出"这是明代画怪吴彬的出生地",他总是画一些"不可能存在的风景"。可是,现在的中国人一听到这个地名,就联想到体操和田径比赛。因为现在中国知名的体操和田径运动员多数出身于此。

与此相比,更令我震惊的是,莆田话和福州话、泉州话都不相同。我会说泉州话,但莆田话则完全听不懂。地方口音也不是特别简单,福州人也不能理解莆田话。汽车行驶2个小时经过的3个地方,有3种语言。而且说福州话和泉州话的人相当多,但是说莆田话的人却极少。所以,莆田人要走出乡关,必须先学会别的地方的语言。

研究林则徐这个人物,莆田这块土地的确是非常重要的线索。

此次座谈会的目的是修正对林则徐的评价,使之回到正确的轨道上来。虽说如此,但我认为并不是要无条件地减少林则徐的负面评价,而是姑且表明态度,要重新斟酌、仔细考量之后再下结论。

例如,林则徐热心研究满语也成为一大焦点。不消说,清朝是满族统治的政权。科举及第高位之人,必须进入翰林院学习满语。可是，当时就连皇帝自己平日也使用汉语，满语基本都不用了。进入翰林院的才俊们的满语水平也只是能马马虎虎地蒙混过关。他们都觉得将来并没有很多机会使用满语。相比之下，林则徐则显得对满语的学习太过热心。

用功学满语大概是要效忠于满族，期待能幸运地得到皇帝器重吧。

汽车经过莆田时，我的脑海中出现了讨论会上提到的满语问题。林则徐热心于研究满语不是对皇帝摇尾乞怜，而是因其对语言学喜爱之极。莆田人不学习其他语言就无法生存下去，这培养了他们与生俱来的语言学才能。这种才能又代代相传，这样想来也顺理成章。热爱语言学的话，研究什么语言都不足为奇，碰巧林则徐研究的是统治者的语言才遭人怀疑，我认为这样解释比较合理。

据说，林则徐的第5代、第6代后人中有不少人是学者、语言学教师，或者是外交方面的人才。研讨会主办方福建社科院副院长林子东女士，恰好是林则徐的五世嫡孙。讨论会中坐在我旁边的林永惧则位列林则徐旁系五世之中。他是哈佛大学毕业的历史学者，而他作为书法家的名声也相当高。从福建回来时，我顺便去了一趟北京。说起和林永惧一起开会，有人问我："这么难得的好机会，为什么没请他给你写一幅字?"

  林则徐一族与语言学渊源颇深。如果我们将林则徐学满语的问题也回归到语言学的方向来思考,自然便容易理解了。

(1986年1月)

西乡隆盛[1]与李鸿章

中国是在甲午战争战败后开始研究日本的明治维新的。为什么中国在甲午战争中战败了呢?一经自我反省,便发觉这样的结果也不奇怪,不过还得思考对手为什么会赢。甲午战争后,清政府改革热情高涨,日本的明治维新与俄国彼得大帝的改革便成了学习的典范。可是,在顽固守旧的慈禧太后掌握实权期间,改革举步维艰。清朝的"维新志士们"便寄希望于年轻的光绪帝。康有为、梁启超、谭嗣同这些志士积极准备,分析日本明治维新和俄国改革的文件,希望有朝一日呈给光绪帝。光绪帝虽已成年,但慈禧太后仍继续摄政,而志士们希望光绪帝亲政,便决定发动政变,但因袁世凯背叛而失败。这就是戊戌政变(明治

---

[1] 西乡隆盛(1828—1877),日本江户时代末期(幕末)的萨摩藩武士、军人、政治家,与木户孝允、大久保利通并称"维新三杰"。

三十一年，1898）。

变法失败，康有为逃出北京；梁启超则躲进北京的日本公使馆，获得了治外法权保护。他们二人不久后流亡海外。然而，谭嗣同虽暂时去了日本公使馆，但又返回来，因此被清政府抓捕入狱并处以斩刑。其实这些都是计划好的行动，结果也在谭嗣同的预料之中。

> 各国变法，无不从流血而成，今中国未闻有因变法而流血者。[1]

谭嗣同如此执念，34岁丧命。他去日本公使馆只是为了将自己的文集交给梁启超。梁自然要他保全性命，劝他流亡，但谭嗣同说：

> 你为西乡，我为月照。我死很容易，但你选择生更难。[2]

---

[1] 谭嗣同完整原话为"各国变法，无不从流血而成，今中国未闻有因变法而流血者。此国之所以不昌。有之，请自嗣同始！"
[2] 谭嗣同原话为"月照、西乡，吾与足下分任之。"

该事件在梁启超的《戊戌政变记》中有所记述。足见二位志士都十分了解日本明治维新的历程。

在明治维新出场的人物中,西乡盛隆大气洒脱,汪洋肆意。虽然他被看作征韩论的首倡者,但似乎在中国仍然人气不减,颇受欢迎。伴野郎在《西乡隆盛的遗书》中说,西乡自告奋勇出使韩国,但没说要征韩。因为西乡的言论非常有名,也有人认为西乡应是最初提倡征韩的。可是,征韩论从幕府末期开始,便作为一种政治思想存在于桥本左内[1]和吉田松阴[2]之间。维新后,这一论调从单纯的思想演变为政治倾向,最热心的倡导者是木户孝允[3]。

伴野郎[4]的这本小说让人觉得特别有意思,尤其是李鸿章在当时向日本派间谍搜集情报的情节。

---

[1] 桥本左内(1834—1859),幕末开国论者,福井藩士,早年师从儒医吉田东篁;1849年,师从绪方洪庵学西医和兰学。

[2] 吉田松阴(1830—1859),阳明学派思想家,名矩方,字义卿,号松阴,通称寅太郎。日本江户时代末期政治家、思想家、教育家、改革家,明治维新的精神领袖及理论奠基者。

[3] 木户孝允(1833—1877),本名桂小五郎,长州藩出身,曾拜吉田松阴为兄,师从斋藤弥九郎学习剑术,向江川英龙学习西方军事学。在尊王攘夷和讨幕运动中起领导作用,与西乡隆盛、大久保利通一起被称为"维新三杰"。

[4] 伴野郎(1936—2004),日本著名小说家,代表作有《五十万年的死角》《始皇帝》等;曾获江户川乱步奖和日本推理作家奖。

根据清朝的记录[1]记载,日本政府在同治九年(明治三年,1870)派遣柳原前光商议邦交,而清朝军机大臣恭亲王奕䜣反对此事。但是李鸿章给恭亲王送去书信,主张应该与日本结交修好。于是第二年清政府便决定接见日本使节伊达宗成。当时李鸿章所写的书信如下:

> 日本距苏浙仅三日,精通中华文字,其甲兵较本岛各国差强,现以英、法、美诸国受其欺压,心怀不服,而力难独抗,中国正可联为外援,勿使西人倚为外府,宜先通好,以冀同心协力。

此文的大意是,日本与中国邻近,又了解中国的文字,作为东方的国家,军事力量格外强大。现在日本遭受英、法、美各国欺凌,虽心存不满,但孤立无援难以与欧美各国抗衡。中国应施以援手,而且不使日本成为西洋人的驻外基地,应抢先与日本结成亲善关系,以图同心协力。

这一年,李鸿章刚刚从湖广(武昌)总督升至直隶(北京)总督。在武昌,他掌握了有关日本的确切情报。李氏在

---

1 《同治朝筹办夷务始末》。——作者注

书信的字里行间充满了自信,这也反映了他对情报的真实性有十足的把握。那一定是非常信任的人提供的情报。这也证明了伴野氏对小说情节的设计并非空穴来风。

我阅读李鸿章的奏稿[1]时,发现了光绪三年(明治十年,1877)的一则有趣的记录。1877年3月20日,因日本西乡隆盛作乱,驻天津的日本领事池田[2]拜见李鸿章,申请借枪弹百万发,但李鸿章却只借了十万发。这个决定最终有没有执行,不得而知。无论如何,从前文中的"同心协力"来看,我不由得感到李鸿章和西乡之间的相通之处。

(1985年10月)

---

1 《李文忠公全集》。——作者注
2 即池田宽治。

《茶馆》时代

老舍写作《茶馆》时58岁,大概和我现在的年龄差不多。

《茶馆》的第一幕设定在戊戌变法的那一年(1898)。老舍出生于1899年,所以他将自己出生的时期和出生地设定为故事发生的时代与地点。第二幕设定为20年后,故事发生的场景相同。第三幕设定在同一场景的30年后。临近花甲,大家都会猛然回首自己出生的年代,人同此心。作家想把那个时代写成小说。同为小说作者,我能够深切理解老舍创作《茶馆》时的心情。

第一幕的时代背景并不是老舍身处的时代,于是老舍把从长辈那里听来的、从书本上读来的,经自己加工写进作品。老舍在尚不懂事时就失去了父亲,是母亲给年幼的他讲述各种各样的故事。因有人贩子和村姑相关的故事情节,我只读了第一幕，便感觉到女性化的痕迹。从小耳濡目染，因此文风透射着老舍母亲的语言韵味。

那时康有为和梁启超等维新派想要改革却惨遭失败，《茶馆》的第一幕正值这一时期。维新派一时夺得了政权，但因慈禧太后反击，随即又遭惨败。这就是著名的百日维新。失败的原因是没有武装力量。维新派非常清楚这一点，打算借袁世凯的军队，因袁世凯的新式陆军在当时是一支现代化的军队。维新派认为指挥现代军队的人会理解并支持运动。但维新派真是太天真了，向慈禧太后告密出卖维新派的恰恰是袁世凯。

第一幕中茶馆的房东秦仲义便是一个维新派，洋溢着救国的热情，也热衷于上涨房租。正义的常四爷因与秦仲义争论[1]，被便衣特务当成维新派抓走了。当年的9月21日百日维新因垂帘听政谕[2]落下帷幕。因此第一幕的背景是变法失败之后。此时如果有谁被发现是维新派，就会被抓走。

因为维新派又名变法派，被视为激进的革命组织，是一些类似茶馆老板秦仲义那样的人。但维新派从未想要彻底推

---

1 常四爷对乞丐仗义施舍，而秦仲义不以为然。他觉得只有走实业救国的道路才能救国救民。
2 慈禧太后恢复亲政宣言。——作者注

翻帝制，他们只想剥夺过于保守的慈禧太后手中的大权，并使光绪帝亲政，仿效明治维新实施改革，建立君主立宪制，但未能实现。

戊戌百日维新是3年前因甲午战败而发奋的人们提倡的改革，从一开始就与日本有着密切的关系。变法失败后，康有为和梁启超等人流亡到了日本。

剧中有"大清国完了"这样的台词。政治腐败自不必说，国家财政破产也波及百姓的生计。实际上，正是这一年清政府还清了甲午战争的两亿两赔款。因为当时清政府年收入约9000万两，年支出约8000万两，可见向日本全额支付赔偿是何等勉为其难，捉襟见肘！不得不说这种负担也加在了进出茶馆的每个人的肩上。

而且，这一年的6月，从政府内阁卸任的日本前任总理伊藤博文访问了中国。维新派中有人有意促使成功领导明治维新的伊藤博文成为清政府的政治顾问。据说，这一动向刺激了清政府中的保守派。

在第一幕登场的人物中，没有一个是日本人，但所有的出场人物都受到来自日本的某种无形的压迫。

《茶馆》的第二幕发生在第一幕故事的20年后。清政府已经倒台，但辛亥革命的理想也未能实现。一度出卖维新派的袁世凯成为清朝最后的总理大臣，后又与革命派谈判，出卖了清政府。孙中山等人因为对武力缺乏自信，竟将大总统的位子拱手让与袁世凯。袁世凯在此又第三度上演出卖闹剧。这次他出卖革命派，意欲登上皇帝宝座，成立自己的王朝。然而，他还是遭到轰轰烈烈的二次革命、护国运动的抵抗，最终袁忧愤成疾，郁郁而死，帝制大梦也随之破灭。虽说如此，但之后的北方仍受到袁世凯的影响，可以说是北洋军阀的一脉。

第二幕设定在1918年，即袁世凯死后的第二年。日本在袁世凯死前一年向中国递交了"二十一条"。根据日俄战争后的《朴茨茅斯条约》，"关东州租借地"[1]在1923年必须归还中国，可是租借期限被延长到99年[2]，如果满铁[3]向中国政府申请买下这块租借地，中国政府有义务满足日方的要求。虽说已有如此规定，但日本也想确保其半永久权益。于是，条约中有以"关东州"为中心的土地租借权、所有权及原德国在山东省的权益完全由日本接管[4]的条款，以及其他条款。

1　包括旅顺、大连。——作者注
2　意为半永久性占领。——作者注
3　全称"南满洲铁道株式会社"，是1906年至1945年日本在中国东北设立的经济侵华机构，总部设在大连。
4　德国在第一次世界大战中战败。——作者注据说，日本承认袁世凯恢复帝制是因为与他有不正当交易。关于"二十一条"，日本给中国政府的最后期限是1915年5月7日。袁世凯政府于5月9日同意接受"二十一条"，从此中国民众将5月9日定为国耻纪念日。

中国民众怨声载道。北洋军阀从日本借得款项，却并未用于基础建设，而是充当加强派阀实力的军资。各地水灾不断，多半是疏于治理而形成的人祸。1918年，西班牙流感在世界不断蔓延，据报道，死者达500万之多。自不必说，因贫困而营养不良的中国人，也有不少因流感去世。而在日本留学的中国留学生则为抗议"二十一条"陆续回国。

第二幕以军阀混战为时代背景，在此也映射出中国社会深受日本影响。民众与学生的激情瞬间迸发，并向全国扩散蔓延。在第二幕故事发生的第二年，即1919年的5月4日，爆发了五四运动。顺便说一下，这一年朝鲜也爆发了民族运动"万岁事件"[1]。

第三幕故事发生在1948年。抗日战争取得了胜利，但又爆发了内战，北京处在国民党的统治下。与第一幕、第二幕相同，这时的便衣特务肆意横行。被日本控制的阴影渐渐褪

---

[1] 1919年3月1日，朝鲜爆发了反对日本军事强占的全民示威游行，各阶层群众涌向街头，高喊"朝鲜独立万岁"。

去，取而代之的是美国势力的侵入。1949年10月1日，中华人民共和国成立。

《茶馆》中的王利发是一个不好惹的角色。《茶馆》以王利发经营的裕泰店铺为舞台，描绘出中国近代史中中国民众真实的生活状况，或者可以说描绘了中国百姓的近代史。对于在北京土生土长的老舍而言，第二幕正是他充满激情与梦想的青春时代。老舍曾就读于北京师范大学，毕业后从教，1924年留学英国。《茶馆》作为"可读的戏曲"，第二幕是最精彩的。

茶馆里民众相聚闲聊，消磨时间，进行各种各样的交易。喜怒哀乐、人生百态在这里纷杂交错。因住宅空间狭小，且杂居情况较多，想稍微说说话，有人就会提议："咱们去茶馆吧。"

第二幕中，由于时局动荡，茶馆的买卖有些衰落，老板便兼营下面的旅店维持生计。第三幕中的各种迹象也暗示了茶馆的没落。

中国人热情好客，喜欢在热闹的朋友聚会中研究、商定各项事宜。如今有不少改头换面的新型茶馆，不过类似老舍作品中的老式茶馆越来越少了。在我的印象中，在前往四川的旅行中，"茶园""茶庄""茶馆"的招牌特别引人注目,不仅有带招牌的室内茶馆,还有在枝叶繁茂的树下摆着板凳的室外茶馆。我询问当地向导那种树的名字,好像叫"黄桶树",树下正好适合饮茶。我每每看见树下的茶摊,就会联想到老舍的《茶馆》。但是四川室外茶馆里多数是上了年纪的人,见不到年轻人的身影。或许年轻人有年轻人聚会的场所吧。

《茶馆》上演达400回,也曾在欧洲公演,可以说是老舍戏剧的代表作。我每次想到老舍的离世便感到心痛不已。

老舍的遗孀是女画家胡絜青,今年78岁,仍能够执笔作画。去年,絜青女士将一幅《凌霜的菊》赠给我。我打算在去观看《茶馆》演出前,再把这幅画取出来,好好欣赏一番。

(1983年9月)

鱼纹

几年前,我第一次认真思考了日本人与中国人的审美差异。那时总结出其中的关键点是,日本人会把刀剑作为艺术品鉴赏,但中国人却没有这样的审美习惯。"兵者不祥之器,非君子之器。"此语出自《老子》。"兵"有"士兵""勇士""战斗""战争"的语义,当"武器"讲好像是最古老的用法。《说文》中把"兵"解释为"械也",并指出刀剑也是兵器的一种,当然是不祥之物,所以是不适合带在君子身边的。把刀剑当作艺术品鉴赏简直就是荒谬的做法。

在宋朝、元朝和明朝,日本和中国的贸易往来中日本输出的主要商品是刀剑。可见在刀剑制作方面,那时的日本比中国技术更精湛,大概中国人认为没有必要把热情倾注在制作不祥之物上吧。

不过，1973年日本举办了《中华人民共和国出土文物展》。我在这次展览上见到了越王勾践的青铜剑，令我感触颇深——原以为中国人不认可刀剑之美的想法必须得改变了。那是一把精湛绝伦的宝剑，我是在京都国立博物馆的展厅见到的。参观者在越王勾践剑的展柜前停住，动弹不得，显然日本人被那种美深深打动了。

见到勾践剑的第二年，我参观了苏州郊外的虎丘。那是春秋末期埋葬吴王阖闾的海涌山，被称作"虎丘"。据传，当时征用了10万农工修墓，建造三重铜椁，墓中埋了3000把宝剑。吴王阖闾在与越王勾践一战中，受伤致死。临终时，给太子夫差留下遗命："不要忘记是勾践杀死了你的父亲。"这段逸事流传至今。

据说，阖闾之墓宏伟壮观。剑池用水银修建，池壁上的凫雁用金银珠玉精雕细刻而成，在此基础上添加贵重的名剑作为陪葬。270年后，秦始皇掘开阖闾之墓，想要得到那些名剑。但在挖掘过程中，出现了猛虎。秦始皇一惊，要拔剑击杀它，却偏离了目标，击中了旁边的石头。于是，将这块石头命名为"试剑石"。这件事情后，秦始皇停止了掘墓行动，开掘出的坑穴积水成池，就是如今的剑池。颜真卿将"虎丘剑池"四个字刻在了天然的石头上。

剑池传说闻名于世，但我第一次听闻时感到十分费解——为什么秦始皇那样富甲天下之人，要想方设法挖掘吴王墓，只为了得到一把剑呢？但是，当看到越王勾践使用的剑时，疑惑便雪化冰消了。为了这样的宝剑，即便不是始皇帝，要采取一切手段将其占为己有的人恐怕也不在少数——这就是名剑的魅力。

吴国和越国，并称吴越，国土相邻，也可以说属于相同文化圈。越国若出名剑，这一消息也会立刻在吴国传开，或者吴国也在铸造这种宝剑。吴王夫差怀疑伍子胥的忠心，赏赐属镂剑让他自尽。属镂也写作"属鹿"。我不知道这是什么样的宝剑，但光听它的名字，便觉得应该很锋利。吴国名剑还有湛卢剑。苏东坡的《虎丘寺》中有这样的诗句：

湛卢谁复见，秋水光耿耿。

据说，这把名剑因为沉入水中，应该无人见过。诗的大意是俯视剑池，利刃之光耀眼夺目。

吴王阖闾是吴王诸樊的儿子。不过，其父亲的遗言是把王位传给诸樊的弟弟余祭、余眛。余眛死后，他的儿子僚即位。阖闾认为父亲的兄弟轮流即位，既然世代更替，自己为长兄之子理应即位，因此对僚即位心存不满。阖闾让勇士专诸刺杀吴王僚，自己继承了王位。

专诸刺杀吴王僚时，阖闾给他的也是一把名剑，叫"鱼肠剑"。一种说法是，剑的表面天然形成的纹理酷似鱼肠，由此得名。另一种说法是，专诸在行刺时，来到吴王僚面前，因为不允许带武器出入，所以把剑藏在烹饪好的鱼腹中，端上宴会，当场从鱼腹取剑行刺，所以取名"鱼肠剑"。

据说，清末的政客、学者吴大澂[1]曾经收藏这把鱼肠剑。后来此剑便下落不明。吴大澂当初留下了鱼肠剑的拓本。我见过那个拓本，剑身一尺五寸，茎和柄合起来共两尺，放在大鱼的肚子中是完全可以的。拓本中剑刃上的花纹曲折蜿蜒，柔韧性强，的确如鱼肠一般。鱼肠剑可能不是专指这把宝剑，而是泛指有名的宝剑，吴大澂称它为"吴越名剑"。

《中华人民共和国出土文物展》中的青铜剑上有"越王

---

[1] 吴大澂（1835—1902）初名大淳，字止敬，又字清卿，号恒轩，江苏吴县（今江苏苏州）人；清代官员、学者、金石家、书画家，民族英雄；因在第二次鸦片战争之后与沙俄的谈判中展现出的战略眼光与爱国精神令后人称颂。

鸠浅¹自作用剑"8个字,是由鸟篆²雕刻而成。这一定是越王勾践所用的名剑,剑身布满了暗格花纹,所以看不见剑上的纹理。何种技艺能雕刻出如此暗格花纹,至今仍是个谜。

这把剑出土于湖北省江陵战国时代的楚墓中。越王勾践用过的剑为何出现在楚国地界,这是历史学上饶有兴趣的话题。

无论如何,这样的名剑是从烈火中诞生的。据说,勾践剑出土时依然很锋利,未被腐蚀,也不见锈迹,其合金技术甚为精湛,剑的表面早已采用了镀锡的方法。

火焰是可将一切燃烧穷尽、破坏殆尽的危险品。人们所说的冶炼,是将火反向加以利用、控制,做出漂亮的工艺品来。可以说,人和动物的区别便在于使用火。因此,使用火制造出的器物也才最具有人的特质。以青铜器为首的各种金属制品,以及陶瓷等便是浴火而生的。

名剑的剑刃表面展现出的自然花纹,因每个人的理解不同而大相径庭,有把它看成鱼肠的,也有用"松纹"来形容的。比较起来,总觉得能联想到鱼肠有些不合理。不过,这是凭借我们自身的感觉来下的结论。现代人若将其花纹拿到

---

1 勾践。——作者注
2 附有鸟头型花纹的装饰文字。——作者注

显微镜下观察，可能会把它与病毒联系到一起。

勾践剑展览已过4年，1977年至1978年，《中华人民共和国出土文物展》又在名古屋市、北九州市、东京相继开展。精挑细选的上百件珍贵文物，按时间顺序陈列，其中最古老的是1972年陕西省临潼姜寨出土的彩陶人面鱼纹钵，英文名为"Basin with human mask and fish design"。

它是珍贵的仰韶文化文物，彩陶里描绘了人面鱼身花纹。古人生活中的鱼纹器物比现代人的更多。想不到鱼在中国人的精神世界里这么有分量。

这只彩陶人面鱼纹钵是西安市半坡博物馆的藏品。1972年，我参观了这座博物馆，这一年正是彩陶人面鱼纹钵出土的时间。在我的记忆中，那时它没有出现在展品中，但是光听到半坡这个名字，我就能马上联想到这件物品的背景，真令人怀念。

据说，夏王朝的始祖夏禹就是鱼形神。

《庄子》中记载：

禹偏枯。

《山海经》中记载：

有鱼偏枯，名曰鱼妇。

　　禹的父亲是因治水失败而受罚的鲧。他的名字中带有鱼字旁，可见他应该是鱼形神。

　　以诺亚方舟为代表，和洪水有关的神话故事遍布世界各地。毫无疑问，人类祖先常受洪水的侵扰和迫害。人类祖先或许对生来就会水的鱼抱有朴素的敬畏之心。仔细想来，将鱼游于冷水之形描绘在烈火焚烧的陶器上，也与这种敬畏之心有着某种关联。据推断，彩陶人面鱼纹钵是在约上千度的烈焰之下烧制而成的。

　　1976年，湖北省襄阳的蔡坡12号墓中出土了吴王夫差之剑。当年《文物》杂志第11期所刊照片过小，无法看清刀刃，但似乎并非方格花纹。我对同期刊载的发掘报告颇感兴趣，其中记载棺内发现许多长6.5厘米，腹宽1.1厘米，厚0.15厘米的铜鱼。我们姑且称其为扁鱼形钞票。据说，有52枚较为完整，有70枚已为碎片。

　　有报告称，河南省三门峡上村岭的西周墓也曾出土过铜鱼。上村岭出土的铜鱼眼部穿有小孔，尾分两部。铜鱼用途尚不明确。因其眼部有孔，也有说法称此为穿线装饰之用。

然而蔡坡12号墓中出土的铜鱼，眼部没有小孔，尾部也没分开。由此可见，与其说是装饰之物，不如说是护身符更为贴切。人们可能认为鱼形图腾中隐含着某种特殊的神威。

唐代，鱼形符分为左右两片：一片放于朝廷，另一片由官吏置于袋中随身携带。每次进宫，皆须将二符合而为一。这方面的规定因时代而异，有的朝代规定三品以上的官员配金制鱼符，五品以上的官员带银制鱼符。这就是所谓的鱼囊或鱼符。杜甫曾于《陪郑广文游何将军山林》系列的10首诗中吟咏道："金鱼换酒来。"意为将象征高官之金鱼符换酒喝。史上曾一时以龟代鱼。高官鱼符规制始于唐朝，宋朝沿袭此法，明朝废止。有说法称，之所以以鱼为符，只因鱼符更容易一分为二，并无特殊缘由。也有解释称，因唐朝皇室为"李"姓，所以把和"李"同音的"鲤"定为符。

以龟代鱼为符，是在唐武周时期。据说，龟乃四神兽中的玄武。武则天本姓为"武"，因此将鱼符变更为龟形。

由此可见，鱼纹与古代鱼形神并无联系。从设计的角度来讲，鱼形画法的确更为容易，不过其他容易绘制的造型也有很多，人类祖先并非仅因画法简单而绘制鱼形符，一定因其对鱼抱有某种特殊的感情。如果说与"李"同音，其他的水果（梨、栗、荔）或动物（骊、狸）也未尝不可。

话虽如此,究竟为什么中国青铜器里鱼纹较为罕见?最为常见之物乃饕餮纹。所谓饕餮,是人们臆想出来的怪物,集各种动物属性于一身。蟠龙、蟠螭、虺龙等都不是真实存在的。1976年在东京、京都两地举办的《中华人民共和国青铜器展》展出的130件文物中,其中仅有两件与鱼相关。

其中之一为春秋前期的鱼龙文盘。既然叫"盘",顾名思义是非常浅的器皿。其口径达32.8厘米,加上底座总高为13.9厘米。盘底刻有龙纹,内面四周则为鱼纹环绕。这大概是盛水的盘子吧。鱼在水中看似在列队畅游一般。鱼纹除刻于盘中之外,也多见于"洗"[1]"杯"的内侧。如果是"盘"的话,其他容器所盛的水皆可倒入其中,可作祭祀及宴会前洗手之用。我在新疆维吾尔自治区旅行时,曾拜访哈萨克族人家。用餐之前,主人用水瓶将盥洗盘内倒满水后,我们接过来洗手。盘中盛入水后,水体摇曳,刻于内面的鱼纹也由于水波摇荡,表现出鱼翔浅底之感。在这样的器皿中刻绘鱼纹可谓巧妙之极,实在是高明!

展览中另有一物为西汉鱼形扁壶。扁壶自身为鱼形,鱼嘴张开之处为壶口。底座塑成鱼尾的形状,肩部附近还刻有

---

[1] 类似无沿口的洁面器状物。——作者注

鳍状花纹。

上述鱼形扁壶和鱼龙文盘现都收藏于上海博物馆。

有学者指出，青铜器的样式对陶瓷影响极大，事实的确如此。类似鱼形扁壶的器皿在烧制品中也十分常见。1975年，扬州发掘唐代城址，扬州师范学院院内及江苏农学院农场出土大量唐三彩，其中便有双系鱼壶。《文物》杂志1977年9月号刊载了它的彩色图版。此类陶器设计理念可谓与上述鱼形扁壶青铜器近乎一致。唐三彩相较于青铜，颜色更为润泽，连鱼身也如浸润在水中一般。

所谓双系，即为两侧把手，此壶则以鱼身侧之鳍作为把手。此图为鱼壶俯瞰图，因此看不到背面的样子。正面可见两只鱼眼，若此鱼壶表里相称，反面也应有同样的两只鱼眼，也就是说这把壶或许是二鱼合体的形状。

上述唐三彩自然出自唐朝，由此便可联想到唐代高官身系鱼符入朝参拜的景象。显而易见，鱼的俯瞰图左右相对称，这样才能一分为二，成为割符。于唐人而言，鱼应该是富贵的象征。前文提到的杜甫的诗句便表现出"富贵应须致身早"[1]的气概。富贵之相多多益善，成双成对更为世人喜闻

---

1 出自杜甫的《乾元中寓居同谷县作歌七首》。

乐见。汉诗中,甚至常以"双鱼"形容鲜美之鱼。但实际并非一餐食用两条。杜甫也曾咏道:

且食双鱼美。[1]

著名的白鹤美术馆矗立于我所住的神户市东滩区,以收藏中国青铜器闻名,但也汇集了不少唐代的金银工艺品,其中便有镀金龙池鸳鸯双鱼纹银洗。唐代的银器受西域影响尤为显著,或许这也是充满萨珊王朝风情的工艺品,但双鱼设计应该说还是汉族风格的作品。

我曾经拜访过陶艺大师金重素山先生,并在他冈山的家宅里有幸得见范安仁的《鱼藻图》。范安仁乃南宋理宗[2]的御用画师,因开了鱼藻相配入画的先河而闻名。宋朝迁都杭州后,江南气韵成为中国文化的主流,与水的亲近感也进一步增强。

绘画中常见的鱼藻图,从下一个时代——元代青花瓷诞生开始,即被纳入陶瓷的纹饰设计。东京国立博物馆的鱼藻

---

1 出自杜甫的《李监宅二首》。
2 即赵昀,宋朝第十四位皇帝,南宋第五位皇帝,宋太祖赵匡胤之子赵德昭九世孙。

纹壶颇有人气，但壶上之鱼牙齿尖锐，给人以凶猛之感，据说是栖息江南淡水中的鳜鱼。鳜鱼为大口、细鳞、背鳍带刺、身着黑斑。此壶所绘以写实手法刻画，与之一般无二，栩栩如生。布鲁克林美术馆[1]的鱼藻纹壶，也是背鳍有刺的鳜鱼，颇具元代风格，苍劲雄浑。

这一时代的鱼藻结合图样，我已然无法将其与上古鱼形神始祖之说联系起来。若将二者强行联系起来，难免有牵强附会之嫌。鱼藻纹也是自明朝开始，笔调愈发优雅。大和文华馆[2]藏有明朝的鱼藻纹大盘，上面绘的双鱼实在惹人喜爱。

说到赤绘鱼藻纹，我本人更加钟情于大纹。以大为佳，因为小纹使人感觉形似金鱼。

这样一来，关于中日工艺品的差别，我们就可以下结论了。而关于欣赏刀剑之美，据查阅史实得知，中国人也特别喜欢宝剑，以至盗掘古墓来获取宝剑。在这一点上中日两国可谓异曲同工，而并非相异之处。

我认为真正不同之处在于，日本将烧制瓷器视作个人所长，而中国却并非如此。在日本，以柿右卫门、仁清、乾山等人的名气，赋予作品以权威的现象屡见不鲜。到了现代，

1　美国纽约第二大美术馆，拥有约150万件藏品。
2　位于日本奈良市，是一座以东洋古美术为特色的私立美术馆。

上述倾向则更为严重；而中国自古至今均未曾出现类似现象。的确也有不少名匠被记录于史册之中，如明代名匠陈仲美和一位名曰"壶隐道人"的工匠。有文章称赞其擅造"精瓷""雅瓶"，但不曾留下此名匠所造之盘、碗等器物。准确来讲，与其说不曾留下，不如说从一开始他就未曾独立做过瓷器。因为中国古代炼窑多为众人共同作业。淘泥工、拉坯工、画样工、绘事工、配色工、填彩工、烧窑工、开窑工等工匠数量及工种极多。可想而知，成品不可能冠以个人名义。

清代著名的监陶官有臧应选、年希尧、唐英。监视工匠共同作业时需具备如管弦乐团指挥家一般的本领。监陶官皆为政府高官，无需亲手揉土，这和指挥家不必亲自拉小提琴的道理是一样的。像这样中日工艺的相异之处，我觉得有必要进行更加深入的研究。

（1978年5月）

观《黄河文明展》

观《黄河文明展》[1]时,我不禁开始细细思量何为"传承"。自新石器时代以来,历代先人将种种生活智慧凝聚并铭刻于各色器具之中,留传至今,就如6000年前人们心中点燃的火种,至今仍然在我们每个人内心生生不息。这般真切的感受,不得不说《黄河文明展》于我们来说是最宝贵的历史馈赠。

文明通过生活方式各异的群体之间的不断交流得以推进。没有激烈的冲突,文明也就不会产生重大飞跃。黄河流域惠享丰饶的土地资源,也成就了多民族之间的相互交流,这是孕育辉煌文明的主要因素。

展品中有大汶口文化晚期的代表器物白陶鬶。陶器底部

---

1 1986年中国甄选数百件文物(均为国宝级藏品)在东京国立博物馆展览。

有三个袋形锥足,各袋足大小匀称,三足鼎立十分安稳。我曾读过某种学说,提到陶器袋足的制作灵感或许来源于游牧民族所携带的皮革口袋。若真如此,可以说这种袋足造型之中就封存着破译文明密码的关键因素。皮革口袋无法直接用火加热,但陶器完全克服了这一缺陷。人们意识到这一点,便在文明之路上又向前迈进了一步。

汉朝深受北方匈奴骑兵扰边之苦,为击退匈奴,深感当务之急要组建一支自己的精锐骑兵。如前所述,这也是生活方式迥异的群体之间的一种交流。汉人在驯化方面稍逊一筹,但对马的热情却毫不逊色。细看鎏金青铜马,便可窥见一二。这匹马身高62厘米,体长76厘米。见到如此的艺术珍品,我不禁想到两个故事。

其一,《史记》记载,汉武帝为获得西域大宛国的汗血宝马,派使节携"金马"前去交换。面对重金和"金马"的大宛国却拒不出让宝马。据传两国谈判破裂,汉使砸马而去。或许,当时的"金"指金属,主要指铜类金属。恐怕当时大汉使节带去的只是制造的马,最终换马失败,铜马也被砸得粉碎。但也有一说,"金马"的确是用纯金打造的。

其二,是关于汉代未央宫中的一尊铜马像。它旁边的宫门称为"金马门",曾是汉代学士待诏处[1],学士们也被誉为"金马"。就像为先贤立像一般,人们在此特意放置铜马一匹。原本对马并不熟悉的农耕民族,了解了马的优良品性之后,设立铜像以彰显赞誉之情。这不禁让人想到,文明就这样向前迈进,我们也正是通过传承经典,才能蒙受诸多恩惠,受益至今。

(1986年8月)

---

[1] 汉代以才技征召士人,使其随时听候皇帝的诏令,谓之待诏。其中特别优异者待诏金马门,以备顾问。

壁画

屈原的《天问》和马王堆帛画

《楚辞》中屈原所作的《天问》可以说是神话的宝库。这本书以向上天发问的形式展开,却不含有回答之意。例如,"圆则九重,孰营度之?""惟兹何功,孰初作之?"不断有此类质问。

2世纪初,楚辞研究家东汉文人王逸认为,《天问》是一种写进壁画中的题跋。被政敌驱逐出境的屈原浪迹于山谷之时,在楚国先王祠堂的墙壁上看到了天地山川、神灵、圣贤、妖怪等壁画图腾,于是便在上面挥墨题跋,这便是《天问》这本书的原型。《天问》的内容是一味提问却没有回答,那是因为其答案就在庙中的壁画内。

现存的魏晋之后的题跋原则上是四言四句的形式。由于《楚辞》中除《天问》外再无其他以四言四句为一章的,所以几乎可以说《天问》确是画赞无疑了。

古代宗祠没有留存下来,那么在那里画着什么样的壁画呢?如今也只能凭借《天问》中的章句展开想象。清代的陈本礼关于楚先王祠堂中的壁画到底是什么样的,思考了约160个图题。

> 师望(太公望)在肆,昌(周文王)何识?
> 鼓刀扬声,后何喜?[1]

姜太公垂钓之时得文王赏识的传说很有名,另外还传说他是肉铺商人。题跋中说太公望在肉店工作,周文王又是如何得知此号人物的呢?姜太公对文王谈起政治之道时曰"下屠烹牛,上屠烹国",文王听到后惊喜万分,带上姜太公乘车而归。这幅壁画可能画的是姜太公在肉店门口一边磨着菜刀,一边与文王交谈的场面。为什么说"鼓刀扬声"呢?有一种说法是从前的菜刀上带环,刀一动,环就响了。

不清楚故事原委的人只会把这种场面看成是肉店老板在和客人闲聊。根据题跋才恍然大悟,原来肉铺主人是姜太

---

[1] 出自《楚辞·天问》,"(太公望)"和"(周文王)"为作者注。

公，客人是周文王。

宫殿、庙宇等古代建筑物的墙壁上绘有各种各样的壁画，而现存的壁画所剩无几，只有屈原这位大文豪所作的题跋相传至今。反复阅读屈原的《天问》，是否可以凭借人们的想象力，在脑海中多少复原一下呢？

能够帮助我们进行这样的想象复原工作的有画像石和各种出土文物上的图案。其中，马王堆的彩色帛画可谓是绝无仅有的资料。这幅帛画背后显然有许多典故。马王堆埋葬的是轪侯夫人，几乎与她同时代的淮南王刘安收集了当时的神话、传说等，编纂了《淮南子》，生动地记载了西王母等故事。无论如何，马王堆帛画中的主人公都好像是轪侯夫人。不过，在出土之时发现，似乎画中年长的女性是西王母的说法更有力。

帛画中有日月星辰，还有两组蛟龙，颇具怪物的观感，不由得让人联想到记载着"日中有乌，其足三本"[1]的传说。屈原的《天问》中也提到了日月和众星。

汉惠帝二年（前193）利仓被封为轪侯。由此推测，屈原投汨罗江是在襄王二十二年（前277）秦兵南下之时。马王

1　三脚乌鸦。

堆帛画的创作时代，与以屈原创作《天问》为题材的先王庙壁画的创作时代，二者相隔不到百年。而且，马王堆所在的长沙市原属于屈原所在的楚国，长沙和汨罗相距特别近。如此看来，马王堆的帛画正是想象还原屈原题写《天问》壁画的绝好依据。

战国和汉代壁画在地面之上并未保存下来。但地面之下不仅发现了帛画，还有壁画本体（虽然只有一小部分）。辽宁省辽阳市的汉墓壁画极具代表性，与马王堆的帛画类似，描绘的也是被葬者生前的样子。它们一旦被封入墓中，便不再为世人所见，但这座汉墓所绘的壁画却细腻精致，栩栩如生。难道是想把故人的生活原封不动地搬到另一个世界去吗？这种愿望越强烈，绘制就越用心。

魏晋墓砖壁画

在嘉峪关发现的魏晋墓正在被人工迁移至兰州市的甘肃省博物馆内。当今中国也有不少这样的例子，将挖掘出的墓地迁移到人口众多的地方，以便更多人参观。洛阳市的公园里也有两座东汉墓，但是却没有壁画。据说洛阳旧城中发现的西汉晚期的墓中存有彩色壁画，但我没有见过。甘肃省博物馆内的魏晋墓内部并非石室，而是由砖（砖坯子）砌的所谓砖室。每一块砖上都绘有彩色画。砖的标准尺寸为17厘米×36厘米，但也有更大的砖块。

1972年至1973年，在嘉峪关和酒泉县之间的新城公社共发现并出土了8座魏晋墓，转移到兰州的是其中的5号墓。我在1975年见到时，应该是刚刚搬迁后不久。当时敦煌文物研究所的常书鸿所长正好在兰州，是他带我去参观的魏晋墓，没有比他更理想的向导了。

这些从魏到西晋，即从3世纪到4世纪初的古墓，与三国后期的英雄人物——诸葛亮、司马懿等人几乎处于同一时代。西晋末期，张轨预料到朝堂混乱，自愿去做西部偏僻之地——凉州的刺史，因此他的子孙在河西走廊建起了小王朝，这正是十六国之一的前凉。这一时期是魏晋墓时代的末期。与因八王之乱而动荡的中原相比，西部的生活仍旧平稳。我看了魏晋墓中的砖壁画，题材多是日常生活。画中有不少牛耕、狩猎、栓羊、屠宰、杀鸡熬汤等场面，散发着浓厚的生活气息。毫无疑问，砖画所描绘的全部是埋葬者生前所做的事。

这些壁画丝毫没有为死者歌功颂德之意。从一幅幅画面中可以看出，画者特别想把死者生前的生活原封不动地带到另一个世界。

屈原在《天问》中主要歌颂了日月星辰、神话传说。这便是战国时期王庙壁画的主题,完全不会提及死者的业绩或生活等。如果说马王堆帛画中的老妇人就是死者本人,那便确实存在主人公。但是,除了她拄着拐杖,有侍女和家臣服侍左右以外,没有一点生活气息。从洛阳西汉墓的壁画来看,日月星辰在云中闪现,形似乌鸦的鸟群飞过,在太阳的余晖中身影渐行渐远……

我感觉嘉峪关的魏晋墓与之前的存在着很大差异。魏晋时代的人们已经不在墓壁上创作以神灵为主题的壁画了,转而创作生活壁画,日月星辰也不再出现。墓室的正面是一对叼着铺首(门环)环的猫形兽面。没有令人毛骨悚然的蛟龙。比起想象中的"动物"——龙,这个时代的人更喜欢将自己在现实中看到的猫类动物作为题材。

可能是经历了三国乱世,人们才成为了现实主义者吧。或许只有为了生存必须竭尽所能的乱世才会把人变成现实主义者。史书记载了曹操破坏、禁止淫祠邪教的事件。并非得益于此,百姓方才摆脱迷信。那是时代发展的必然结果。应该说,曹操只是时代的发言人,或者说他预见了时代发展的动向。

我想,这个时候中国人的精神生活史开始从鬼神的时代转移到了人的时代。

唐墓的壁画世界

唐代皇族墓穴的惯例是在墓顶绘以日月星辰,在墓道上放置表示方位的四兽——青龙、朱雀、白虎、玄武。虽形式如此,但墓内的壁画主题仍主要围绕死者在世时的生活。

虽说主题是生活,但毕竟是皇族的生活,无论狩猎、出行,皆有众人随行,旗帜绚丽多彩。例如章怀太子墓的骑马击鞠(马球)图,或是懿德太子墓的楼阁仪仗图等,都令人眼前一亮。虽有训豹图,但民间是不会有这种活动的。虽是特定人群的生活,但其真实性却毋庸置疑。画中还有门卫、杂役、宫女等,这类壁画展现了平民生活。尤其是淮安靖王墓,上面描绘了耕作、播种、牛棚等老百姓的生活场景。

唐墓壁画的主调也是生活,除四神兽外几乎没有其他以神话传说为主题的绘画。葬着年轻皇女永泰公主的墓中壁画虽然剥落严重,但从残存的壁画来看,仍然女性化十足。既然是反映死者的生活,壁画内容就会显现出不同的个性特点。

我去过两次永泰公主墓,原来的壁画已经被剥离下来,送到条件更好的地方保管,现在墓里的壁画是临摹的。上面画着宫女的群像,有正面像,也有向右或向左的侧面像,当然也有背影。这样描摹,与其说是画工们热心追求变化,不如说他们更希望从各个角度全面地展现人物形象。他们想把死者生前生活中的一切和人物的万千姿态都带到另一个世界。在壁画中我们看到贯穿的主线是对人们自身生活的肯定。

顺便提一下,高松冢古坟西壁的妇女群像朝向各不相同,与四神兽一样。由此可见唐墓的影响力之强。

魏晋墓的砖壁画,以强有力和果断的线条作画,以朴素的表现力打动人心,虽稚嫩笨拙,但十分生动。

唐墓的壁画,以铁线描[1]为主,细节描绘十分出彩。狩猎图和骑马出行图所绘勇士高大魁梧;宫女图和乐舞图细腻精致,画风千变万化,多姿多彩。

魏晋墓和唐墓壁画的不同之处,除了时代相异之外还有死者身份的差异。前者是边境的地方豪族,后者是大唐帝国皇族。唐墓所用的画工在当时应该也是皇家一流巨匠;但在嘉峪关一带,给陵墓绘制壁画只能交给当地的画工,或者说执笔之人可能根本不是专业画工,只是当地画得稍微好些、口碑还不错的人。

---

1 中国画和敦煌壁画线描方式之一。其行笔圆润流畅,线条均匀,富有弹性。

中国古人的风景观

从只能靠想象来复原的战国王庙壁画,到现在我们能够亲眼所见的绚烂豪华的唐墓壁画,从鬼神跨越到人,都有一个共同点,那就是几乎无视风景的存在,不曾将其入画。

已消失的汉代宫殿的情况在文献中有所记载,想象其中一斑也不是那么难。长安的麒麟阁画着功臣的画像,据说东汉洛阳也有云台二十八将的画像。古代习俗是将非虚构的人物画像画在宫墙之上。汉代应该还有神话传说的图画,但的确没有一幅真正意义上的风景画。

司马迁在《史记》中记载了张良的故事,并在结尾补充道,自己想象张良是位魁梧奇伟的人物,但从其画像上看,却仿佛是一个美丽的女性。张良的画像确实存在,不过因其生活的年代还没有纸,所以张良的画像不是画在帛上就是刻在墙上。

从王昭君的传说中可知,宫廷中虽然有画师,但其职责主要是作人物画——仕女图。

中国古人大多十分关注鬼神和人们的生活。虽然有一些欣赏美景之心,但他们没想过要将这些风景也带到另一个世界。

唐墓壁画上绘有高矮不一的树或岩石，不过少得可怜。这似乎只是为了表示宫中庭院的位置，或者为了标记是户外打猎之所。懿德太子墓仪仗图的背景——楼阁也是如此，看似风景，实际只是标记场所的符号。由此可见，除去人物及其生活场景，只画风景的绘画并不存在。

与此相反，后世的中国山水画，画面中的人物不过是其中的点缀而已，甚至还出现了很多不见人迹的山水画，让人感到那样的绘画方式才是主流。这令许多研究古代绘画流变的学者非常震惊。

在王维之后，山水才真正成为画中主角。山水画中一切景语皆情语。若是心象风景，画中再出现人物，就有些重复了。若说山水也反映了人的内心世界，那么山水画便未脱离中国绘画的主流。我们观看画作，寄情山水之间，感觉自己在聆听画中的流水潺潺。

敦煌壁画中的生活场景与风景

去过敦煌莫高窟后，我到兰州参观了魏晋墓。由于对敦煌壁画的印象过于强烈，总是不自觉地将眼前的魏晋墓和敦煌壁画进行对比。目之所及的魏晋墓壁画基本上都是生活画面。而在敦煌，带领我参观的文物研究所工作人员时而指给我说"这里有些有意思的东西",那里平民生活场景会多些。如敦煌第61窟的五台山图,就像是在巨大的墙面上绘制的五台山巡礼的地图。当然,画面中有休息处,也有民房,还有酒家、耕作的农民,还绘有磨面的场景。另外,第45窟的《观音普门品图》按照佛经故事,绘有旅行者被盗贼拔刀袭击、船被怪鱼包围的场景,服装和其他方面都展现了盛唐的生活。

实际上,描摹生活的场景并不多,一不留心就容易看漏,因为这样的场景只是零星地出现。特别是唐代的壁画,以西方净土图、说法图和宝相华等为主流。生活画似乎只是填补画面空隙。与此相反,魏晋墓则以生活画占主流。

据文献记载,366年鸣沙山开始兴建石窟寺。建设初期的数十年间所造石窟现已不复存在,或许已经坍塌,或许发掘出来时原型已经无法辨识。现存的最古老的石窟建于5世纪中叶的北魏,这就是魏窟。据推测,魏窟是指5世纪到6世纪后半期约150年间建造的石窟,共计30多个洞穴,不足492窟的一成。初期魏窟的特色是壁画中本生谭居多,本生谭讲述的是释迦牟尼前世的故事。据佛经记载,释迦牟尼在前世是国王,又是僧侣、商人,凭借种种善业和功德,以释尊之身降生于世。因此,本生谭中的故事情节自然渗透着生活气息。

佛教传入中国的初期,也许是为了说服善男信女而使用本生谭,因为这些故事既能引发信徒的兴趣,又很方便。或许是这一原因,壁画也选此为主题,而且对于创作壁画的画工来说,生活画也应该更容易上手。如果直接要求他们在西方净土图上绘出打坐的诸佛、花落和飞天舞的场景,他们一定很为难。因为那些内容与画工们的生活距离太远了。但本生谭的话,画工们就可以将其当作现实世界一样描绘出来。

到了唐朝,本生谭渐渐销声匿迹,相反,说法图和西方净土图日益增多。这些已经模式化的壁画随着佛教的普及逐渐定型。本生谭与魏晋墓的砖壁画相似,由一幅幅画面构成。说法图常常需要占用一大块墙壁。模式化背后往往是个性化的淡薄,甚至消失。

在敦煌的唐代壁画中,最具魅力的是第220窟的《维摩经变图》。因为这幅壁画描绘的是维摩和文殊进行争论的故事,每个人物都个性鲜明,别具一格。除此图以外,唐代的壁画多以《维摩经》为主题。不管怎样,中国的画师就是想画人物画。

在敦煌壁画中,风景似乎也被忽略了。《幻城喻品图》绘制在唐代第217窟的墙壁上。有学者认为此图乃山水画先驱。虽说如此，但此画还不能说是开山水画美学之先河，只能算山水画构图的先驱。像初期的魏窟那样描绘故事，将场景分片、连续绘制，这样制作最简单。但若想将此情景全部收入至一个画面中，便只能采用全景构图法，即在纵向长幅的空间作画，与后世山水画类似。

我认为，这些文人业余画家的山水画全盛期是在中国绘画艺术发展的后期了。这一时期可谓"画人"之人不再画人。一位与冈仓天心[1]齐名、名叫长尾雨山[2]的文人精通中国书画。他在演讲中提到，"二战"前的中国，在苏轼诞辰纪念日这一天，文人云集赋诗。有人提出想要东坡画像一幅，却无人画得出来。于是请来一位画师现场作画。其技艺精湛，成品栩栩如生。席间虽有号称"文人画家"的名士，却难以胜任为苏东坡画像。而据说临危受命的画师，连口酒都没喝，画完就被打发走了。据说那样的人叫"画工"，而文人们被称为"画人"，反正是不同世界的人。当然，"画人"明显轻视"画工"。

---

[1] 冈仓天心（1863—1913），日本明治时期著名美术家、美术评论家、美术教育家、思想家，日本近代文明启蒙期最重要的人物之一，代表作有《东洋的理想》《日本的觉醒》等。

[2] 长尾雨山（1864—1942），日本明治时期的汉学家、书法家、画家；曾任教东京高等师范学校，也曾任商务印书馆编辑顾问。

山水是人类的心灵，画山水之人应内心纯洁，一尘不染。中国的绘画原本以画人为主流，像上述那样区别对待实在是过分，我不敢苟同。

从鬼神跨越至人物，再进一步发展到表现人们内心世界的山水，这些绘制在墙壁上的画作主题在不断变化。

（1981年11月）

翠青时代

五代最后一个王朝——后周的皇帝世宗柴荣（921—958）是历史上享有盛誉的明君，却英年早逝。其政权由赵匡胤（宋太祖）继承，这就是大宋王朝。根据赵匡胤的遗训，后周柴姓一族仍以皇族身份享受优待，一直持续到南宋末年。世宗柴荣曾经在都城开封府（今河南省开封市一带）开窑烧造。相传，当时监陶官吏请示要制作什么釉色的瓷器时，世宗道：

雨过天青云破处。[1]

可见，这种瓷器的釉色是年轻英主想要的颜色。

---

[1] 五代后周柴世宗把模仿天空蓝的釉色比作"雨过天青云破处"。宋代把天青釉发挥到极致，同时它也代表了中国的审美价值。

相传，后周柴窑烧制的瓷器称作"雨过天青瓷"，轻薄如纸，敲击声如磬。据说，此窑采取世宗的姓氏来命名，所以被称为"柴窑"，但至今并未发现"柴窑"遗迹，真是如梦幻般的神秘之窑啊。也有学者认为柴窑实际并不存在，只不过是人们寄托的一种理想罢了。若果真如此，所谓"雨过天青"，或许只是借世宗之名对青瓷的理想色彩进行一种文学性的表达而已。烧制青瓷之人，应该就是为了接近这个目标而努力的。

提起描绘青瓷理想色彩的文学表达，便不由得想起唐朝诗人陆龟蒙的"千峰翠色"。其七言绝句《秘色越器》中有这样的诗句：

九秋风露越窑开，夺得千峰翠色来。

青瓷之名便由此而来。

从雨后天空之蓝到千峰之翠，理想色彩范围很广，其中既有个人因素，也有时代差异，理应有一种能够超越个人与时代的美。

据说，文字学家解释"青"字为"生"与"丹"组合而成。在大阪市立东洋陶瓷美术馆，我用放大镜鉴赏"飞青磁花生"[1]的器面时，深刻体会到了什么是"生"。瓷面分布着许多细小气泡，这是在烧制过程中胎土和釉中释放出的气体形成的。我靠近它，心怀敬畏，手指禁不住微微颤抖。气泡看上去好似有生命般，互相簇拥着，蠕动着。气泡并非皆为青色，也有些部分似露水般泛着白光。或许青瓷特有的润泽美感的秘密便在于此。

在和泉市久保惣纪念美术馆[2]中，我有幸见到了"青磁凤凰耳花生"[3]。其通体圆润，但瓷面略微凹凸，上釉有薄有厚，避免了单调乏味。如若设计者清楚这样的效果，有意削薄釉层，那可堪称是技艺惊人的设计师。

另一件"青磁下芜花生"[4]，像宝石一样美。瓷瓶做工考究，瓶底、瓶内都挂上釉药，使其以前被误以为是南宋官窑的名品。但根据最近在中国龙泉窑的实地调查，这件青瓷出自龙泉窑的说法似乎更站得住脚。如此看来，日本的这三件青瓷皆由龙泉窑烧制而成。

---

1 元龙泉窑青瓷褐斑玉壶春瓶，日文名为"飞青磁花生"。
2 位于日本大阪府和泉市的一座历史悠久的国宝艺术纪念美术馆。
3 槌形的器形和贴附凤凰形把柄的青瓷，通常被称为凤凰耳瓶。于镰仓时代、室町时代后运往日本，被认为是浙江省龙泉窑青瓷鼎盛期的作品。
4 宋龙泉窑青釉直颈瓶。"下芜"指瓶的腹部为扁萝卜形。

陈万里先生在"二战"前便开始调查,其足迹遍及以浙江省南部龙泉县为中心的周围各个县区,发现了数十个窑址。龙泉窑属于民间瓷窑,并不是由政府保护、烧造宫廷器具的官窑。流经龙泉诸窑的河流名叫龙泉溪,与松阴溪交汇成为瓯江,最后注入温州湾。"瓯"本意为茶杯、茶碗。从战国到汉初,这个地方称为"瓯越"或"东瓯"。大概从公元前开始,先祖们便在此地建炉烧窑了。

平安时期,日本宫廷及上流阶层家庭使用的"秘色"釉瓷便出自越州窑。陆龟蒙的《秘色越器》将之种绝妙颜色誉为"千峰翠色"。越州窑虽然获得吴越国(五代十国之一)保护,但随着吴越臣服北宋也日渐衰落。也可以说这是在保护下生存的越州窑的弱点,这"千峰翠色"的传统便由自古以来位于偏僻内陆,一直烧造朴素器皿的龙泉窑继承。那些拥有强大能量的民间窑户,在继承了官窑精巧细腻的技艺后,烧制出绝美的作品。

三件青瓷均兼具细腻与豪放的风格,如此精工细作,又不失粗犷之美。我们仔细端详瓷身上舒展的线条轮廓,不由得赞叹,这正是龙泉之地出品的。

随着唐代饮茶之风俗盛行,从"雨过天青"到"千峰翠色"的青色显然占据了优势地位。茶圣陆羽曾在《茶经》中记载:"碗,越州上。"[1]越州瓷为蓝色,遂加重了茶汤本来的颜色。与之相比,邢州瓷为白色,茶色看起来有点发红;寿州瓷为黄色,茶色会泛紫色;洪州瓷为褐色,茶色明显发黑,均显逊色。陆羽称越州瓷为玉,邢州瓷为银,更引用杜毓于《荈赋》中的"器择陶拣,出自东瓯"来表明瓯器出自越州窑。陆羽所处的时代,龙泉还只是偏僻内地的乡村窑,须静待与高雅越州的邂逅之日。

青色时代早已到来。在茶文化中,那是非常熟悉的色彩,也折射出人们对晴空的向往,对千峰翠色的渴望。陆龟蒙和后周世宗又将这种美好的憧憬融入文学性的表达之中,成为了南方陶工的努力方向。

青瓷凤凰耳花生之铭《万声》中记载了如下诗句:

捣月千声亦万声。

"砧"(砧杵)为青瓷别称,因其形状与捣衣工具相似而得名。另一种说法是把有裂纹开片的瓷器戏称为"冰裂纹",这与捣衣声结合起来。提到"砧",脑中自然而然浮

---

[1] 唐代茶圣陆羽在所著《茶经》中评价全国各地生产的茶碗,将越窑产品排在首位。

现出李白在那首《子夜吴歌》中所描绘的景象:

> 长安一片月,万户捣衣声。

时值深秋,皎洁的明月挂在夜空。月色之下响起的妇女浣衣之声,定然纯净清澈。如前文所述,相传美如梦幻的柴窑雨过天青瓷敲击时亦会发出这种如磬般的声音。

不仅龙泉窑如此,各地陶工都在追求烧制出如玉美瓷。青瓷名品器面光润,手感滑嫩,又泛着并不耀眼的幽雅之光,令人感到似美玉在手。而且,经历烈焰洗礼,烧制出超越玉石之美的瓷器也不在少数。

(1987年10月)

徐渭和董其昌

徐渭（1521—1593）和董其昌（1555—1636）可以说生活在同一时代。二人相比，徐渭比董其昌早出生34年，二人有38年处于同一国度的同一时代。徐渭出生于浙江山阴，就是现在的绍兴；董其昌则生于江苏松江，即现在的上海。徐氏为越国人；董氏为吴国人。

1975年8月，我在即将前往敦煌旅行的前夕，参观了北京故宫博物院举办的《明清绘画展》。当时，徐渭和董其昌的作品陈列在同一展室里，这并不仅仅由于他们二人是同一时代的代表画家。展览说明中指出，董其昌是个复古、守旧的古典主义者；而徐渭则是致力于打破常规与传统的束缚、个性张扬的进步艺术家。好像多半因为他们是风格相反的两位画家，所以才把他们的作品放在同一展室陈列。的确，无论从哪方面来讲，二人都处于相反的两端。

他们生活在明朝晚期。1368年，朱元璋推翻了蒙古族掌权的元朝，建立了明朝。这个王朝命中注定带有浓重的复古色彩，而且带有王朝创始人的性格，继承了绝对的皇帝独裁制。明朝宰相制度被废除，各部大臣直接听命于皇帝。皇帝如果发怒了，无论怎样的高官，都会被杖刑殴打而死。这就是"廷杖"。据说朝廷大臣早晨离开家时，由于不知道能不能活着回来与家人再见，一个个都泪流满面地与家人告别。

人失去了应有的尊严。官员们仅凭一己之力无法保全自身，于是就产生了不同的派系。结果随之而来的就是骇人听闻的派系争斗。即使没有任何过失，只是因为属于哪个派系就会遭到处罚，这种事是家常便饭。人们越发陷入深深的黑暗之中。

也正因为生活在这样的时代，人们萌生了强烈的愿望，希望自己能活得像真正的人。这就必须打破陈规。而且这种谋求新政权的意愿，和推翻蒙古朝廷并延续古制的明朝体制是格格不入的。

在那个时代，徐渭和董其昌同样出生于士大夫家庭，不过董其昌通过了科举，中了进士，在高升之路上一路猛进。和他相比，徐渭多次参加考试都名落孙山。

明武宗正德十六年2月4日，徐渭出生。39日后的3月14

日武宗驾崩；百日后的5月15日，其父亲徐鏓去世。据说，徐鏓曾官至四川夔州同知，后来退任。董其昌的父亲则是从仕官这一职位被解职后当了私塾先生。相比之下徐渭父亲至少官位级别高一些。不过，徐渭并非父亲正妻所生。父亲的正妻，对于徐渭来说相当于嫡母，是那位苗夫人，而徐渭的生母则是苗夫人的陪嫁丫头。徐渭出生时兄长徐淮已经30岁，二哥徐潞也有21岁了。这两人不是苗夫人所生，而是徐渭父亲的第一任妻子童氏所生。童氏去世后，徐渭父亲经历了13年的独身生活后迎娶了苗夫人。

这种复杂的家庭关系在当时的士大夫阶层非常普遍，不值一提。对于徐渭来说，幸运的是其嫡母苗夫人深爱着他。他在嫡母的墓志铭上写道：这种恩情是粉身碎骨百次都难以回报的。

对徐渭敏锐的感知力形成影响最大的恐怕就是苗夫人。徐渭14岁那年嫡母苗夫人去世，享年59岁。据说，苗夫人病重期间，徐渭向所有的神佛祈祷，磕头求拜，绝食三天祈求神明。对于徐渭来说，嫡母是无可替代的。

嘉靖十九年（1540），20岁的徐渭第一次参加杭州乡试而落第。他在21年中接连考了8次均名落孙山，最后终于放弃了。幼年时代，他十分聪明，被誉为神童。不过，科举及第与聪明与否没有什么必然联系，而是需要具备某种应试技能。这种技能除了通过整齐划一、枯燥绝望的反复训练才能获得之外，别无他法。徐渭恰恰缺乏能够忍受这种训练痛苦的才能。

徐渭，号文长。"徐文长故事"作为智慧故事流传至今，地位相当于日本的一休的故事。其中自然有夸张的成分，杜撰的内容也不少，不过徐渭的确头脑灵敏，机智过人。

1933年萧伯纳访问中国时，林语堂提倡幽默文学。关于这个方面，鲁迅说中国没有幽默，勉强数一数的话，也就唐伯虎、徐文长和金圣叹还算可以。另外，鲁迅和徐渭都是绍兴人，徐渭出生于绍兴大云坊，而鲁迅出生于东昌坊。恐怕鲁迅是从小听着这位同乡前辈的智慧故事长大的。智慧故事都是积极阳光的，但徐渭本人却一点儿也不开朗，特别是25岁以后，他一直被阴影笼罩着。25岁那年，长兄离他而去；次年，他第三次落榜，同时失去了深爱的妻子。

徐渭20岁第一次落第后不久就与潘克敬的女儿潘介君订了婚。好像徐家在他10岁时家运急转直下，兄长徐淮的生意经营不顺利，徐家家仆四人逃亡，生母以前一直在这个家里，也在此时被赶走。当时徐家的财力已经养不起这些人了。就这一点而言，同徐渭一样，董其昌也有位长他很多的兄长，在他少年时代便入宫奉职了，可见那时董家家境殷实。而徐渭在其婚姻中，实际上相当于入赘女婿。订婚时他去了广东阳江县，未婚妻的父亲在此地任职；次年举行结婚仪式时新娘刚刚14虚岁。在新娘家举办婚礼，这在奉行男尊女卑的明朝不得不说很少见。

结婚那年，因为得知二哥徐潞在前一年去世了，为参加葬礼，徐渭急匆匆赶回绍兴。次年，他又回到广东阳江岳父处，接着又为参加乡试再次赶回浙东。如果没有葬礼和科举考试，他就可以一直待在妻子家里了。紧接着第二年，岳父大人从关东调任到北京，决定把家属都留在绍兴，这样女婿徐渭就住回绍兴潘家了。潘克敬在北京工作一年后回到绍兴，在东双桥置办家宅，徐渭就搬过去住了。

当时除了在妻子家住似乎不太光彩，徐渭并没有什么心理阴影，因为他和年纪尚小的妻子关系很好。嘉靖二十四年（1545），结婚4年，妻子也18岁了，生了一个男孩，取名徐枚。不过，欢喜之后却是长兄徐淮之死这样巨大的不幸。徐淮信奉神仙，在会稽山中炼制丹药，结果死在那里。为了追讨被霸占的财产，围绕家宅纠纷与毛氏又打了官司，真是雪上加霜。徐家几乎变得一无所有。次年，19岁的妻子也去世了。

妻子去世后，徐渭接着住在妻子家中，过了两年后才搬出来。出来时什么也没带。他在东城郡学附近租了房子，取名"一枝堂",开私塾维持生计。私塾的名字取自《庄子》,可见徐渭倾向于老庄之心。这或许是受到了在会稽山炼丹的长兄的影响。

开私塾的第二年,徐渭科举又落榜了。因科举考试3年才一次,估计徐渭很颓丧,这时他已经29岁,大儿子徐枚已经5岁了。不过当私塾先生也算小有收入吧。这一年他接回分离19年的生身母亲。为了照顾母亲,他买回女仆胡氏。但是胡氏品性不好[1],第二年又把她卖了。但是,因为买卖胡氏又引起官司,徐渭陷入窘境。事情始末不甚清楚,不过之前因为家产问题也和毛氏打过官司,而且打输了。徐渭是个容易招惹官司的人。

估计是对亡妻难以忘怀,他后来多次相亲,但15年后才再婚。32岁时接连与3个女子相亲,但都未成功。妻子去世的第8年,他还为岳父50岁生日写下祝贺文章;两年后还题诗《内子亡十年感怀》悼念亡妻。

嘉靖三十年(1551)左右,倭寇经常骚扰中国沿岸,朝廷派兵部侍郎胡宗宪到浙江主持军务。嘉靖三十六年(1557)徐渭给那些与倭寇的战斗中牺牲的将士撰写了祭

---

[1] 据说,胡氏对徐渭母亲的态度非常恶劣。——作者注

文。徐渭的文采获得认可，成为了胡宗宪的幕僚。虽然只相当于私人秘书，不过徐渭从38岁到42岁在正处在上升期的胡宗宪身旁工作了5年。

以日本五岛列岛[1]为据点异常活跃的倭寇头目王直也被胡宗宪平定了。胡宗宪为此升迁至兵部尚书兼总督，依然留任浙江。

徐渭的工作就是替胡宗宪写文章。胡宗宪属于北京的宫廷权臣严嵩派系。嘉靖三十八年（1559）正月，徐渭替胡宗宪撰写祝贺严嵩八十大寿贺词；次年，代胡宗宪书写《镇海楼记》。这些文章都特别精彩。胡宗宪赏给他220两纹银，这在当时是相当多的一笔钱。

徐渭在40岁时得到220两纹银，他用这笔钱置办了家宅，取名"酬字堂"。据说占地10亩，约2千坪[2]。不仅如此，第二年他终于续弦，娶了张氏为妻。不过这一年他第8次乡试落榜，也是他最后一次应试。表面上看，徐渭置办了家产，娶了妻室，已经没有必要再去应考了。不过，事实上好像还另有原因。他再婚的第二年，在中央掌握最高权势的严

1　日本九州西海岸外群岛，属长崎县，包括福江、久贺、奈留、若松和中通5岛，总面积约为696.7平方千米。
2　日本面积单位，1坪约为3.3平方米。

嵩垮台了。如前所述，明朝派阀的顶级人物没落通常会累及所在派系的一干人等。徐渭作为亲信供职的胡宗宪也因朋党连坐被革职查办。事情如何发展并不明朗。但我觉得对于徐渭来说也就顾不得再参加考试了。

徐渭放纵，豪爽，目中无人。做胡宗宪的幕僚时，他在街上发现士兵吃饭不给钱，便急速报告给胡宗宪，无赖士兵被处死。这是当时的大诗人袁宏道写的，所以应该属实。徐渭好像经常在酒肆吃喝，或许他需要用酒排遣心中的郁闷。

虽已年过40岁，徐渭却连乡试都未能考取。一般来说，乡试及第就会成为举人；接着，再经过难度更大的考试，升为进士。当时比徐渭年轻两岁的诸大绶早已通过乡试，34岁就获得进士第一名，注定前途一片光明。少年时代，大家都认为神童徐渭比诸大绶更富有才华。徐渭眼见着好友发达了，而应该跑在前面的自己却偏偏落后了——不过有潘介君这样可爱的妻子在身边，新婚生活还算幸福，可是那么好的妻子却又早早离开人世，徐渭一定心怀愤懑：为什么只有我这么倒霉！

出人意料的奇特言行对于他来说或许是对命运的回击与抗议吧。自从当上幕僚，徐渭便仰仗胡宗宪的权势，言行举止更加旁若无人，愈发令人厌恶。

徐渭一直命运多舛。严嵩事件最终牵连了胡宗宪。嘉靖四十四年（1565），胡宗宪被捕入狱，在狱中自杀。从此以后，徐渭似乎就有些精神不太正常了。他亲手刻下自己的墓志铭，甚至想用斧子斩下头颅，虽然击碎了头骨，却自杀未遂。接着，他又用锥子猛刺双耳，只求一死。他每天鲜血淋漓，却仍未能如愿。徐渭让工匠早早为自己造好棺材，并用锤子敲碎睾丸，但依旧没死成。同样是自杀，徐渭选择了比别人痛苦百倍的方式。

第二年，徐渭将后妻张氏杀害。张氏给雪天里冻得发抖的年轻仆人送衣服，因而引起夫妻间的争吵。46岁的徐渭醋意大发，勃然大怒，猛地抄起一根棒子全力打下去，张氏死于非命。

徐渭好不容易才免于死刑，开始了漫长的狱中生活。他的同乡张汝霖居心不良，散布谣言称徐渭害怕自己受胡宗宪牵连，于是佯装疯癫，可是装来装去，便真疯了。幕僚并非正式官职，一般没有什么危险。但是徐渭不仅为胡宗宪效命，甚至为派系头目——严嵩手书80岁寿文，为此被连坐的可能性还是很大的。一系列自杀未遂是"假疯癫"，杀死了妻子才是"真疯狂"吗？徐渭杀死妻子的那一年的12月14日，世宗嘉靖帝去世，穆宗隆庆帝即位。新帝即位后大赦天下，或许因此徐渭未获死刑。顺便提一下，据说世宗是因为吃了能长生不老的丹药而驾崩的。

具有讽刺意味的是，长达7年的狱中生活拯救了徐渭濒临崩溃的精神。与世俗隔绝，徐渭以阅读诗书和吟诗作赋度日。似乎狱中生活十分自由，不仅容许与亲戚熟人会面，而且徐渭在入狱第三年生母去世之时，还被获准临时出狱。特别是在隆庆二年（1568），岑用宾继任绍兴知府后，对他的约束似乎更为放松。徐渭在狱中研究炼丹术，接受委托撰写了墓志铭。不仅如此，郡内学校修复落成之时，知府还委托狱中的徐渭执笔《修郡学记》。另外，隆庆五年（1571），无锡俞宪在《盛明百家诗后篇》中还收录了徐渭赋四篇和诗数十首。此书已经散失，后被日本内阁文库收藏并流传至今。第二年，穆宗驾崩，继任的新皇帝再次大赦天下，于是徐渭在当年年末出狱。当时徐渭已经52岁。

释放当天，徐渭在吴景长家里彻夜饮酒。此后，他便一直在放浪和困苦中靠变卖家当生活，直到73岁去世。做胡宗宪幕僚之时，他手头宽裕时收集的数千册书籍也被变卖用来换取生活费和酒钱。现在我们看到的徐渭的绘画作品，属于这个时期的作品较多。那些画作都是被生活所迫，为换取饭食所作。

徐渭作为文人颇为自负。他以"书第一,诗二,文三,画四"为自己的才能排序。由此可见,徐渭对自己的书法最有信心。但或许是与本人之意背道而驰,后世人们几乎无一例外地评价徐渭的才能是"画第一"。

由于徐渭并未将作画看作自己的立身之本,所以在执笔绘画时定然十分随性。因怀着"画四"的轻松心情,所以他并不看重绘画的传统技法等,每每喝得酩酊大醉时便提笔作画。他的题画诗中经常有这样的诗句:

一涂一抹醉中嬉。
醉里偶成豪健景。

有时他在豪饮之后画竹子和牡丹,但因醉意正浓,直到第二天才在画作中写下题画诗。自诩"书第一"的他,在痛饮大醉时,即使作了画,也不题字。

也有人说神童落魄的下场就是稍微有些玩世不恭,让人看上去像是放纵无度的流氓无赖,但也有人认为徐渭实际上也只是个平凡的普通人。有这样一段逸事。据说万历十年(1582)徐渭身体状况不佳,关上门不见任何人,对来访的客人说"徐渭不在"。

从他的作品来看，徐渭决不是平庸之人，但他也不是完全超凡脱俗的人。从少年时代开始，他便有易怒倾向，在嫡母重病期间，他的所作所为也证实了这一点。杀死后妻也是因为激愤过度，也可以称为易怒症发作，发作的时候连他自己也无法控制。

徐渭很清楚自身的情况。他曾这样记述："予有激于时事，病瘼甚，若有鬼神凭之者……"

如鬼神附体一般，徐渭自己也是无计可施。而且他所激愤之事大多是"时事"：饥荒时作旱祷诗；担忧倭寇猖獗作爱国诗；友人吕光升把从倭寇的手中夺来的日本刀赠给他，他便由此创作了赞颂日本刀之诗。可见他并不是一个超脱世俗之人。

徐渭晚年与李如松将军相交甚密，就把后妻所生的次子徐枳送去做幕僚。就在徐渭去世的前一年，丰臣秀吉向朝鲜出兵。徐枳随李如松出征朝鲜，与日军作战。

万历二十一年（1593），徐渭以73岁高龄驾鹤西去，具体日期不明。李如松所率大军凯旋而归，是在徐渭逝世当年的12月，因此，或许从军远征的徐枳未能回乡为父亲奔丧。这一年，徐渭创作了题为《春兴诗》的七律诗，内容是要联合琉球，在海上迎击日本军。这首诗忧国忧民，可见徐渭并非不食人间烟火的世外仙人。

徐渭自称"诗二",而世人对其诗评价又如何呢?在此引用吉川幸次郎在《元明诗概说》中的一段评价,最容易了解实际情况:

> 徐渭,字文长,号青藤。李(攀龙)后辈,王世贞先辈。抗击匈奴的将军胡宗宪幕僚。行为奇特,诗不胜书画。如有兴趣请欣赏其歌咏抗击倭寇的七言绝句之一。
>
> 夷女愁妖身画丹,
> 夫行亲授不缝衫。
> 今朝死向中华地,
> 犹上阿苏望海帆。
>
> (自行批注:"那个地方阿苏山[1]最高。")

举一个中国的例子。《四库全书提要》评价徐渭的诗:

> 其诗欲出入李白李贺之间,而才高识僻,流为魔趣,选言失雅,纤佻居多……

---

1 日本著名的活火山,位于九州岛熊本县东北部,是熊本的象征,以具有大型喷火山口的复式火山闻名于世,略呈椭圆形,面积约为250平方千米。

李白、李贺皆为天才诗人,徐渭也属于这类人,只是有些逊色,缺乏一点优雅。

多才多艺的徐渭还是一个剧作家,著有《四声猿》等作品。但是,作为一气呵成型的作家,似乎不太适合长期与观众同呼吸、共进退。

嘉靖三十四年(1555),倭寇频频袭击浙江沿岸,徐渭几次率领将士考察地形,研究战略。他比一般人更关心时事,有时甚至还表现出异常的兴奋。

在35岁的徐渭研究应对倭寇战略的那一年,董其昌出生于江苏松江。新兴富裕的松江小镇也曾屡次遭受倭寇的袭击。据史书记载,董其昌出生的那一年前后,正是倭寇袭击松江最为频繁的时期。

董其昌出生背景与徐渭类似,皆为父亲老来得子。董其昌的兄长董庭评已在京城朝廷中出仕;董庭评的长子董傅绪只比董其昌小一岁。虽然父亲董汉儒因为过错遭到黜免,在家乡教育同乡子弟,但因长子董庭评还在京为官,董家依然活力十足,风光无限。松江华亭地区不仅有董家,还有沈度、沈粲、张弼、陆深、莫如忠等,文人墨客辈出,文雅气息浓厚。董其昌出身于这样文运昌盛之乡,他最终将当地的文运推向了巅峰。

莫如忠做官升迁至浙江布政使,董其昌受教于莫家家塾。因此,他与莫如忠的儿子莫是龙为同窗关系。

身为高官之子,莫是龙却终其一生未步入官场,平民之子董其昌却一路加官进爵,成为享誉一时的高级官员,可谓讽刺意味十足。如前所述,明朝党派之争激烈,在朝廷为官并不是一件容易事。为此,莫是龙作为高官之子,耳濡目染,深知仕途凶险,从而知难而退。他的想法我们也不难理解。

董其昌于13岁开始学习书法;22岁开始学习绘画。他正式研习书法是在13岁,因为他与侄儿董传绪一同参加郡考,由于自己书法稍逊一筹而名列第二,从此发奋。与其说他在书法方面天赋异禀,不如说是一分耕耘一分收获,绘画亦然。董其昌于万历十七年(1589)考中进士,时年35岁,时间不晚也不早。他也是历经多次落榜方才及第高中的。此二人对比鲜明:天才型的徐渭荒诞不羁,放弃应试;努力型的董其昌则十年磨一剑。

那一年的状元是焦竑,董其昌为榜眼。同年及第者有诗人袁宏道、陶望龄、刘曰宁、冯仲好和黄昭素等人。按照惯例,同年及第者以兄弟相称、成为莫逆之交,亲密无间。然而,说来有些奇怪,袁宏道和陶望龄两人率先为徐渭作传。

这些人中最精通画技的董其昌非但没有为同时代的前辈画家徐渭写传，就连所写的众多诗文也丝毫未提及这位画界之星。另外，因董其昌的书画闻名于世是在徐渭去世之后，所以徐渭的文章中自然也没有董其昌的名字。

后世之人将徐渭和董其昌作为相反画派的画家看待，难道董其昌自己也对此早有察觉？对相反画派的人或事品头论足，只会陷自己于不仁不义之地，十分危险。于是慎重的董其昌对徐渭闭口不言。

董其昌在少年时期参加的郡考中，因书法稍逊，位居二甲，成年之后在进士考试中仍为榜眼。后来即使成为文学艺术界的泰斗，其艺术本身仍被认定为屈居二等而非最高。或者，也有可能是董其昌有意识地不想让自己成为那个领跑的人。

政界的党派之争逐渐激烈。宦官的势力增强，与之对抗之人也结成团体，武装了起来。无论任何团体，处于顶峰之人必定成为众矢之的，从而身陷险境。相比之下，居于次位的人反而会安全一些。

进士考试金榜题名者，将依例进入翰林院，前途会得到保证。董其昌成为庶吉士，在徐渭逝世那年——万历二十一年（1593）晋升为翰林院编修。皇太子一出阁，即受命为日讲官——这是教育皇太子的重要职务。

万历二十六年（1598），董其昌对政治失去热情。朝廷任命其为湖广按察副使这一要职时，他称病辞职不就。因何不再眷恋官场，董其昌对此保持沉默。当时他44岁，或许一旦就任该职，难免成为最高领导层的一员，于是不如中途退出。可以想见，董其昌似乎对平素里的党派之争感到十分厌烦。

失去政治热情的那一年，董其昌与异端思想家李卓吾会面。李卓吾赞道：

> 以为眼前诸子唯君具正知见，某某皆不尔也。

李贽，字卓吾，福建泉州人，据说出生于穆斯林家庭。他倡导"童心说"，认为没有被知识和习惯扭曲之前，人们纯真的心灵才是根本。"童心说"否定了既成观念，否定了四书五经和儒学的绝对权威。在人性受到压抑的时代，李卓吾的主张中蕴含着人情味十足的呼声。董其昌之所以失去政治热情，或许是因为他见到了李贽。据董其昌的《画禅室随笔》记载，他与李卓吾会面是在那年正月。另外，这一年他频繁抄写《法华经》。或许李贽的童心说极具说服力，动摇了董其昌原来的人生观。

李贽因其学说而被捕入狱，并在与董其昌会面4年后在狱中自杀。李贽曾试图改变人们的思想,改变社会,让人们获得自由。这是宣传鼓动变革。见到这位思想家后,董其昌受其影响如何呢?

如若立志改革社会,就不会离开政界,只有身居高位方可一展身手。不过,董其昌却没有选择这条改变世界的凶险之路。或许他认为无需变革社会,个人精神到达自由境地即可。他选择了醉心书画艺术,作为自我解放的手段。

虽说董其昌早已离开官场,但他原本便有高官的声望。对当时的普通百姓来说,进士二甲及第者绝非凡人。董其昌在世时,民间便出现了关于他的各种各样的传说。努力学习书画的董其昌,非其他平庸文人所能及。他精湛的技艺是对传说的最好应和。

徐渭去世后,他真正的价值才得到认可。相反,董其昌在世时便极具名望,人们争相收藏其书画,甚至有"断楮残煤声价达到百倍"的说法。在当时得以谒见达官贵人是最大的荣誉,当然不能空手谒见。皇族等甚至将这样的会见当作必要的事务,而董其昌的书画号称最佳赠答品。

陈继儒为董其昌的《容台文集》作序时写道:"公请赠远谒贵非公(董其昌)文不典……"董其昌书画成了结交权势阶层的通行证。

在百善孝为先的时代,为父母举办葬礼、扫墓开销很大,开销的档次则根据墓志铭的作者而定。董其昌所书的墓志铭自然是最贵的。不支付巨额谢礼,便不能获得董其昌亲笔题写的墓志铭。

董其昌凭借酣畅笔墨创造了巨大财富,与一生穷困潦倒的徐渭大不相同。虽然隐退官场,但他似乎并未脱离凡尘世俗,而是与现实生活仍有着千丝万缕的联系。

董其昌一生中曾两次遭遇抄家之祸。50岁时,他被任命为湖广提学副使,但辞官隐退。据《明史》中记载:"为势家所怨,族生儒数百人鼓噪,毁其公署。"

虽然这是《明史》中的引文,但董其昌不可能仅仅因为辞职不就一事便遭到抄家。这里的所谓"势家",指的是势力强大的地方权贵,恐怕董其昌已经卷入了明代盛行的党派之争。当时最大的派系是反抗宦官势力的东林党。据说,董其昌与东林党走得很近。他赴任的楚中即今武汉,是反东林党势力最为强劲的地方。

第二次抄家事件发生在万历四十四年(1616),那时董其昌已经62岁。据记载,在士大夫的煽动下,他的家宅被烧毁。为此董其昌逃往苏州避难。可见,不只是任职的地方,家乡也有人反对他。能够达到让人烧家毁宅的程度,可以想象他已深陷党派之争的旋涡之中。

明朝各党派没有明确的主义或思想划分。简单来说,只是因为进入A党,便成了B党的敌人。如此看来,持中庸之道,不归属任何党派似乎更合适,但士大夫体制不允许某位官员身无所属。士大夫为了保全自己,必须归属于某一党派。如若坚持无所属,则只能遁世隐居。

董其昌虽辞去了官职,却未曾遁世,仍想在文学、艺术等领域占据领导地位。不可否认的是,他获得了成功。

万历皇帝驾崩后,董其昌所教的皇太子即位,但新皇帝很快英年早逝。直到熹宗天启帝时代,即董其昌66岁时,他又应召出山,兼任翰林院侍读学士和太常少卿,负责编撰《神宗实录》。那是远离实际政治的岗位,所以董其昌没有推辞。不久,他又由礼部左侍郎晋升为南京礼部尚书。礼部尚书相当于文相,但非中央的宰相。明朝首都起初为南京,永乐帝时迁都北京。但此后南京也设置了小型政府,即使北京的政府瓦解了,南京的政府也能继续下去。换句话说,董其昌实乃备用政府的文相,基本没有什么实权。即便如此,对于守住文化界泰斗地位来说,礼部尚书的头衔所发挥的威力也不可小觑。

天启末年,宦官魏忠贤把持朝政。党派相争,各自为了战胜对手，都打算借助权力至高无上的天子之威。若想接近皇帝，就必须让宦官从中斡旋。因此，宦党处在权力的中枢，所以才出现了如魏忠贤这般的官场怪物。

董其昌继任南京礼部尚书第二年便辞官了。魏忠贤镇压东林党，董其昌大概意识到了自己身处险境。辞官后的他成功渡过了此次危机。董其昌卸任后的第二年8月，熹宗驾崩，魏忠贤一党被彻底肃清。

崇祯四年（1631），77岁的董其昌再次担任礼部尚书。80岁时因年事已高，请求告老还乡，皇帝慨然应允。两年后，一身荣光的他安详离世。如若再续8年寿命，董其昌便会亲眼见证明朝灭亡。所以可以说董其昌是在最佳的时期离开了人世。冥冥之中自有天意。

既是大官僚、大富豪，又身为文化界权威的董其昌，从两次抄家事件中便可见他已招致世人排斥，也因此导致后世诟病。

徐渭和董其昌可谓明末文人不同生活状态的两个极端典型。将他二人的作品相提并论，甚至收录登载于同一卷书上，应该说也是理所当然吧。

（1978年10月）

云外之峰——齐白石展

齐白石被誉为"腕底有鬼神",意思是说其手臂上似乎附有鬼神般的魔力。

"鬼神"是指一种解释不清、奇异而不可思议的力量。齐白石出生于湖南省湘潭县白石庄村,本名纯芝,后改名璜,将出生地名用为雅号。35岁之前,齐白石连湘潭县城都不曾去过,只熟悉田园生活,直到40岁才迁居到大城市西安。寄宿在齐白石手臂上的"鬼神",大概来自经年累月的田园生活养成的体察自然风物的能力。

齐白石虽然年事已高,但童年钓虾的记忆依然在脑海中清晰鲜活。这不由得令人动容。齐白石曾在其晚年作品《钓虾图》上题诗:

> 五十年前作小娃,

棉花为饵钓芦虾。

今朝画此头全白,

记得菖蒲是此花。

齐白石富有天资,加之后天不懈努力,这才成就了他独具个人魅力的艺术风格。从临摹《芥子园画谱》开始,他竭尽全力摹画前人的优秀作品,博采众长。徐渭、八大山人、石涛等,齐白石努力体会他们作品的精妙之处,从这些画界大家身上汲取艺术营养。

齐白石曾在诗中写道:

涂黄抹绿再三看,岁岁寻常汗满颜。

其努力程度非常人所能及。最后,他脱颖而出,达到了"观天地之造化"的境地。齐白石虽以前人为鉴,却更似师从自然。

中国古代绘画理论中的"外师造化,中得心源"(师法自然,由心感悟)便是指以自然为师。归根结底,无非是向自己的内心寻求答案,追本而溯源。不仅绘画,文学也好,音乐也好,皆应如此,一定要追寻心灵之境。但是若过于超凡脱俗，世人或难接受。齐白石临习前作，将自然的学习过程喻为"雷同"，将超越前者之境喻为"云外之峰"。云外之峰，难为世人所见，于是常常遭致他人误解。

齐白石深知同辈画家对他多有恶评，故而在诗中写道：

> 山外楼台云外峰，
> 匠家千古此雷同。
> 卅年删去雷同法，
> 赢得同侪骂此翁。

他无所畏惧，在另一首诗中写道：

> 不厌名声到老低。

真金不怕火炼。齐白石曾题落款300余个，其中仅一枚刻有"有眼应识真伪"六个字，期待有一天获得慧眼识珠之人的鉴别赏识。

齐白石的画作洋溢着旺盛生命力。他并不是寻常的读书人，作为田园工作者（木匠），齐白石用其附有神奇能力的手腕，准确地捕捉到自然与生活的律动，使其跃然纸上，将其形象生动地传达给我们。如今,我们仰望云外之峰,从齐白石作品中感受着生命的强劲节奏。想将这种乐趣与更多的人分享,应该是齐白石的毕生所愿。

(1987年3月)

范曾展

中国自古以来便有严格区分画师和画工的传统。古典绘画更注重气韵神似而非形似,好像会把追求形似的画法轻蔑地称为"那只不过是工匠干的活儿"。

明清绘画以浙江(杭州)和江苏(苏州、扬州)两地为中心。前者称为浙派;后者称为吴派。浙派属技巧派,擅长装饰画,宫廷御用画师之类的能人辈出。与此相对,吴派比起写实,更加重视把握所描绘事物的精神层面,并将其作为画面表现的重点。我们所说的文人画,主要是指吴派绘画。

对于这样的传统评价方式,近来业界开始重新讨论。凭借工匠的灵巧所绘的装饰性绘画,虽精致漂亮,却不能打动人心。这样的作品的确不少,但也不能以偏概全。真正的匠人技艺足以令我们感动,超越技巧的气韵也油然而生。有些文人画师,蔑视画工的手艺,以描绘精神自居,或许还高傲地以为自己的画作气韵满满。这样冥顽不化的人不少。因为像这样轻视修炼基础技巧的人为数众多,所以这个问题还真是棘手。

文人画中以山水画居多,并善用夸张手法。山水画富于变化,为此可以说技术稚拙能够得到弥补,有时甚至成就出人意料之法,得以抒发胸中灵性。杰出的文人画家对基础技艺烂熟于心,相反技法马马虎虎、似是而非的人也不少。画人物画的文人画家为何数量不多?大概其中的缘由是这样的:人物画难以变形,因为这种画以写实为基调,无法投机取巧,难以蒙混过关。

长尾雨山在演讲中提到,有一次在中国古代词人苏东坡的诞辰纪念诗会上,当时有人提议为东坡画像并题诗。据说席间虽有文人画家,却还特地请来画工作画。画工其间滴酒未进,画完就被打发回去了。这个故事一方面可见当时画工的社会地位之低,被人瞧不起;另一方面也说明了文人画家不擅长人物画。

现代中国从写实主义角度重新评价浙派,欧美对中国美术的研究重心也转移至此。

开场白虽长,但我的核心观点是,迄今为止身为文人画家又擅长人物画者凤毛麟角。就此意义来说,范曾是一个卓越的画家,不仅具备泼墨写意这样的文人画基本功,还能与精确素描为基础的精妙技法进行完美融合。

文人画中讲究"三绝"。不仅是绘画,若与书法及诗歌交相辉映,相得益彰,堪称完美。年仅45岁的范曾虽阅历不深,却早已成为一流书法家,画中题字行云流水。提到范曾诗文,便能深深感受到其文背后渗透着范家悠久的历史底蕴。范曾远祖即著名的北宋政治家、大文豪范仲淹(989—1052),日本著名庭园"后乐园"之名便源于范仲淹《岳阳楼记》中的"先天下之忧而忧,后天下之乐而乐"。其先祖范仲淹著《范文正公集》深受老一辈的日本读者喜爱,其书画作品也一定会得到今后的新生代日本美术爱好者喜欢。范曾父亲及祖父都曾赴日留学,与日本渊源极深。在此衷心祝愿他在神户举办的个人画展圆满成功。

提一句私事,犬子为职业摄影师,3年前在北京曾有幸拜访范曾先生,并受先生诸多指点。这位为人热情、充满爱心的艺术家,其作品也无时无刻不在展现着他的仁厚之心,他对画中人物赋予的感情也深深地感染了观者。正在写中国史的我,仿佛从范曾人物画中听到了历史浅流的潺潺之音。

(1981年8月)

白鹤赞歌

提到白鹤,中国的青铜器便浮现在我的脑海中。白鹤美术馆[1]藏品中不乏精美的陶瓷、工艺品,而青铜器才是镇馆之宝。

我们一行人抵达住吉川河畔后便如释重负,仿佛每次呼吸都能感受到青铜器的气息扑面而来。有过凝视名品时屏住呼吸的体验,看到住吉川在面前流过,我们感到白鹤美术馆已经离我们很近了。那时的情景一定唤醒了我们精神深处的记忆。这种情景便是,屏息之后刚要放松下来的时候,紧张过后如释重负之感更为酣畅淋漓,心灵得到异常满足。随着白鹤美术馆越来越近,心中便越发期待获得那种满足之感。

---

1 位于神户市与大阪湾相望的六甲山上。于1934年在住吉川西岸正式开馆。

父亲爱山。自我小学时起，他就经常带我爬六甲山[1]。有一次，我甚至爬过天狗岩的南尾根。我们经过寒天山时，欣赏着古老的水车小屋，再往下走就来到了住吉川。一座精美建筑矗立在河边，犹记得当时不由得屏住了呼吸。年少时不懂得如何鉴赏青铜器和陶瓷，无非是为建筑物之美深深地打动而已。这是我与白鹤美术馆的首次邂逅。

自从关注历史、美术开始，我便对装饰青铜器的奇特兽面兴趣浓厚。饕餮究竟为动物之名还是蛮族之名，众说纷纭，并无定论。无论如何，我觉得饕餮作为图腾设计不失为了解人类想象力的重要线索，也是了解人类想象力的发展方向及其界限范围的关键所在。这一线索仿佛可以打开未知世界之门。虽然如今尚且一无所知，但为解开谜题，需要反复思索，那种思索对我来说不也大有裨益吗？这可以说是我与白鹤的二次相遇。从少年时代的初次邂逅算起，历经岁月，恍若隔世。

东晋的郭璞在《山海经》的注释中提到，饕餮是一种贪

---

[1] 位于神户市东北部，海拔高度为931米。明治时期外国人最早在这里建造别墅，后发展成为游览胜地。馆中馆六甲（博物馆）、六甲高山植物园、旋转十国展望台是著名观光景点。

婪的动物，吃人，甚至连自己的身体都吃。[1]总之，它是古人想象出的最为恐怖、最为不祥之物。古人煞费苦心地将它表现出来，其成果就展现在青铜器等器物的装饰上。古代人将上述穷凶极恶之物刻于器物之上，一定是想用它来镇住不祥的事物。由此可见，我们认可青铜器，不仅因其凝结着古人的想象力和表现力，而且也因其寄托着古人强烈的期盼。白鹤美术馆便汇集几千年前古人魂牵梦萦的企望。它作为人类的源流，更与现代人的愿望一脉相承，息息相关。

"饕餮"二字部首皆为"食"，意为好食之物。中国谚语有云："眉毫不如耳毫，耳毫不如老饕。"所谓眉毫，是指眉毛浓密且长，此乃长寿之相。所谓耳毫，是耳孔内长的毛，也是长寿的标志，且与眉毫相比，更为可喜可贺。然而，据说这种珍稀耳毫竟难及"老饕"。所谓"老饕"是指年老食欲旺盛的意思。"饕"字意为不祥之物，但在谚语中却表示恭贺、吉利之意，这有些出人意料。

嘉纳家[2]的酿酒品牌"白鹤"，其由来我不甚了解，不过

---

[1] 郭璞注原文为"为物贪惏，食人未尽，还害其身"。
[2] 即白嘉纳。1878年开始售卖瓶装酒；1897年注册白鹤商标，成立了"嘉纳合名会社"；1947年改名为"白鹤酒造"。白鹤品牌的产品相当多元，除了众所熟知的清酒、生清酒外，还有烧酒。

如古语"千年鹤"所言,这种动物被奉为吉祥之物,正所谓"鹤瘦貌弥清"。中国还有句俗语:"千金难买老来瘦。"随着年龄增长,老来瘦也成为了长寿的标志。

中国文学中所表达的白鹤意象与长生不老相关,象征吉祥。白鹤的线条简洁流畅,饕餮花纹繁复。这样两个各处极端之物,在住吉川畔的白鹤美术馆珠璧交辉,相映成趣。

(1978年3月)

第四章

越海民

商纣王强行掳走西伯（周文王），将他监禁在羑里。西伯内臣献上"形形色色"的贡品，纣王才下达赦免旨意。《史记·殷本纪》记载，所谓"形形色色"的贡品是一些美女、奇珍异宝、千里良驹之类。《周本纪》则更为具体地指出所谓贡品乃是"有莘氏之美女""骊戎的文马"[1]"有熊氏之九驷[2]"。

《淮南子》中写道，周朝在这一时期"于是散宜生乃以千金求天下之珍怪，得驺虞、鸡斯之乘，玄玉百工，大贝百朋"。在流传甚广的吕尚（太公望）撰写的《六韬》中记载："求珍物以免君之罪，九江得大贝百冯……"

---

1 骊戎是一个国家的名字，文马则是身披华丽五彩斑纹，鬃毛赤红、双眸金黄的宝马良驹。——作者注
2 驷是四匹的意思。——作者注

由于"冯"与"朋"同音，所以在此同样表示计数单位。提到当时的珍宝，已经知道的便有美女、名马和贝壳。由于"寶""財""貨""贈"等与财物相关的词汇使用贝字为偏旁的字较多，由此可见在古代中国贝壳实乃贵重之物。实际上在云南少数地方，明朝时还将贝壳用作货币。

周文王时期处于公元前1000多年前。距今约3000年，位于中国西部的周王朝得到一枚贝壳确实是一件特别困难的事情。不过即使贝壳稀有，也不是什么样的贝壳都那么贵重，必须是一种名为"子安贝"的"宝贝"。财宝大多物以稀为贵，而中国这种贝出奇的少。15世纪的云南，用作货币的子安贝主要是从琉球运过来的。

《本草纲目》中，明朝的李时珍这样说道：古人为了用于交易以珍贵龟甲为货币，两枚为一朋。如今，只有云南仍在使用，称之为"海蚆"。所谓"朋"是指两枚，如果那样的话，为了西伯的赦免而征集的"大贝百朋"就是200个"宝贝"。但是，《淮南子》的注释里这样写道："五百为一朋"。数字相差很悬殊。明宣德九年（1434），从琉球进贡的贡品明细中这样记载："海巴[1]五百五十万个。"

---

[1] 一种大贝壳，即"宝贝""子安贝"。

《诗经·小雅》中一则名为"抚我以百朋"的信笺上记载:"货贝五枚为一朋。"但无论如何,对"朋"这个单位似乎众说纷纭。

作为财宝的贝壳在秦朝以后就只在文字中留下它的痕迹了。明代使用贝壳的就只剩下云南之类的偏远地区,比起先秦时期,明代交通运输手段更为发达,所以收集贝壳的手段也与时俱进。不过即使是云南地区使用贝壳,也只是为了货品交换,实际上贝壳早已失去了它作为财宝的价值。据说,进口550万枚,每枚价值一文钱。事实上明代的贝壳价值与再上溯2500年的贝壳早已无法相提并论了。

"宝贝"成为中原地区的至宝,一定是那一带很难得到,大陆沿岸很少见到,而日本群岛南半部是珊瑚礁的主要产地。这便是柳田国男[1]在他的《海之路》中提出的中心主题。

由于贝壳在中原无法随手获得,这便使"宝贝"成了中原至宝。"宝贝"在朝鲜半岛到马来半岛的大陆沿岸地区也十分稀缺。在这种情况下,一种叫"西普尔莫内塔"的散发

---

[1] 柳田国男(1875—1962),日本民俗学创立者,东京大学政治专业毕业,早年曾投身于文学事业,30岁时离开文坛,开始研究民俗学,著有《远野物语》《后狩词记》《桃太郎的诞生》等多部民俗学著作。

黄色光泽的贝壳脱颖而出,其在天然美之外又被赋予了稀有价值。

由于是至宝,所以人们都拼命想要得到它,首领们也纷纷下令寻宝。在财产私有制的时代,装饰物成为必需品。要么从来自产地、携带这种贝壳的人们那里购买,要么直接前往产地采集。无论如何,当时便有人穿越日本南部和中国大陆之间的海域。

所谓往来,随着时间的推移未必会愈发频繁。因为有魅力、有吸引力才会不断往来。"宝贝"失去了其固有的地位,在大陆方面看来,东海的岛屿便失去了魅力。东海岛屿上的人们通过带去"宝贝"来换取大陆有魅力的物品。但是由于后来贝壳无人问津了,所以渡海之事也变得没有意义了。

此间往来交流的兴衰,因为是在有历史记载之前发生的事情,所以没有文献为证,只能进行推测。只有中国的古墓出土的"宝贝",能够证明当时的确存在贸易往来的事实而已。

1923年在冲绳那霸市郊外的城岳贝冢中出土的中国战国末年的刀形钱,现在收藏于东京大学考古学研究室里。长13.5厘米的刀形铜钱取代了"宝贝"的货币地位。它是在

"宝贝"的主产地出土的。法定货币的更替向我们徐徐展开了历史的画卷。即使出现了铜钱，贝壳凭借它独特的美也能够继续维持其作为装饰品的价值。然而，它已经不再是能带来巨额财富的财宝。权衡海上的危险性，冒险者自然会逐渐减少。

殷商王朝以东方为其力量源泉。有学者认为，东方有可能是夷族的天下。中国的傅斯年（1896—1950）在《夷夏东西说》中提到："殷是在东方海滨之地崛起的民族。殷之兴起的力量源泉是什么呢？如果是凭借经济上的实力，财富的象征'宝贝'便被大书特书。"不过，实力应该是在采集贝壳或是在交易的过程中产生的。

根据殷墟出土的甲骨文可知，殷商末期，商不停地向东方调兵遣将。当时，经济来源似乎出现了问题。商纣王几次对东方御驾亲征。败给周武王一定是因为在多次东方远征中商纣王失去了人心，军队里也一定弥漫着厌战的气氛。牧野之战便出现了70万殷军不战而倒戈投降的怪事。纣王似乎是一位有决断力的领袖，虽然察觉到了国家危难，但是他不得不向东方派兵。由此可知，东方一定有极其重要的东西。人们似乎看到了"宝贝"散发着奇特的黄色光泽。

作为主角活跃在"宝贝"时代的，自不必说应该是大陆东南沿海一带的人民了。那里有被称为"越"的一群人。由于海上生活的需要,他们习惯留短发并刺文身。刺青是一种护身符,可保护身体不被海中的怪物袭击。

春秋末期,越王勾践(前496—前465年在位)登上历史舞台。而越国也作为东南夷的一支政治势力突然崛起。在那个时代,"宝贝"的影响稍显薄弱,但尚有余光,再加上海上活动使越国力量不断壮大,甚至打败了势力庞大的吴国。

原本越氏一族就带有浓厚的海商色彩。《史记》记载,越国名臣范蠡决定在后半生做个大商人。范蠡辞官之后,乘船前往山东半岛,那艘船上载着大量财宝。

越过东海的波浪,越氏一族来到此地采集"宝贝",应该有人留了下来。比嘉春潮[1]在其《新稿冲绳的历史》一书中,对冲绳民族的形成有这样一段叙述:"到今天还不清楚这些群岛上是否存在更为古老的原住民。虽然尚无考古实证,但据民俗语言学的考察来猜测,在中国古代,贝壳作为货币的时期,中国东南沿海地区的百越族中的一小族分支,似乎就曾经往来于古时贝壳产地琉球列岛南部的一个岛屿,后来定居下来。"

---

[1] 比嘉春潮(1883—1977),日本民俗学家,冲绳历史、民俗研究家。

越氏一族由于分离成多个小氏族而被称为百越。分离为多族一事也成了这个民族的特征。这不由得让我想起《魏志·倭人传》中所述，日本也是一个分成多个小国的国家。

刘邦抗秦攻打咸阳之时，百越军队施以援手。无论是《汉书》还是《史记》，对这件事都只是轻描淡写，但我认为百越军对刘邦称霸天下一事做出了巨大贡献。刘邦所立的诸侯王中唯一一位刘姓以外的长沙王吴芮，便是带来百越援军之人。他由于这一功绩得到了皇帝的嘉奖，真可谓不可磨灭之功绩。百越，即各支越族纷纷援助刘邦是因为他们都受到了秦的压迫。秦始皇屡次从琅琊到会稽巡狩，但那里是越氏一族以前的领地。巡狩是一种示威行为，百越人民一定也遭到了迫害。

秦代虽然统治时间很短，但当时的人民遭受着压制，亡命天涯者也应该不在少数。秦国的势力已经辐射普天之下，率土之滨，要想逃离，必须奔向大海。当时的人们为抵抗秦的暴政视死如归——踏入了东海。

入海后也有不少幸存者历经磨难，登上东部诸岛。因为必须乘船渡海，所以无论什么逃亡者都要依靠越氏一族的力量。

勾践以后，越国到底怎么样了，历史记载不详，后世也不是很清楚。那是一个对做历史记录没有热情的民族,但似乎越海之民的历史是理解包括日本在内的东亚古代史的重要线索。

(1986年4月)

献礼

送礼物时必须充满诚意,而且要送那些在对方看来十分珍稀的物品。我不知道现在日本外交赠送礼品的详细情况,但听说他们会尽可能挑选日本式的礼品。虽然日本西洋画的水平不低,但即便是日本一流西洋画家的作品,赠送给欧洲元首和使节的话也并不合适吧,最终还是觉得日本画更好。我觉得比起南画[1]山水,装饰性浓厚的琳派[2]风格更佳。因为南画山水一般认为是国际有名的中国作品。

自古以来,日本就和邻国进行外交往来。那时究竟带的是什么礼物呢?《魏志·倭人传》是关于日本的最古老

---

1 即文人画,画派之一,亦称"南宗画",相对"北宗画"而言。王维是南宗画派的创始人。这里指借用中国"南宗画"命名的日本江户时代中期以后的画派。
2 琳派是于桃山时代后期兴起,活跃到近代,使用相同倾向表现手法的造形艺术流派,由本阿弥光悦和俵屋宗达开创。

记录。该书记载了魏国景初二年[1]倭国女王派遣大夫难升米到达洛阳。那时所献之物为"四男子,六女子,斑布两匹二丈"。

以活生生的人——4个男人和6个女人——作为礼物进贡给中国。这10个人也许是具有某种特技的人。或者因为没有其他合适的礼物了,或许也有意让他们去做杂役粗隶,反正这让人感到当时视人如商品。这一时期的日本和中国,结婚的女性身边都会带着侍从陪嫁。这也归为嫁妆和订婚礼品的一部分。中国称之为"媵从"或"媵人"。"媵"的本意就是"送"。屈原的《楚辞》等作品中有的诗句也将这个字用作"送行"之意。

朝鲜半岛的带方郡[2]官员肯定提出了有关倭国女王遣使的建议。以活人献礼,而且为了昭示本国生产力发达,还要附上一些极具地方色彩的斑布,这也许就是经验丰富的带方郡官员的智慧吧。当时那里的官员也一起陪同日本使节前往洛阳了。

---

1 实际上是景初三年,即239年的误写。——作者注
2 204年至313年,中原王朝在朝鲜半岛中西部设置的军事、政治、经济的地方中心。

《汉书·西域传》中记载，安息国[1]在汉武帝时期献上了大鸟的蛋及犁轩国[2]的眩人，天子甚悦。其中大鸟的蛋肯定是驼鸟蛋。眩人又称幻人，据说是魔术师、魔法师之类的。《后汉书》记载，永宁元年（120），西南夷掸国国王献上"乐以及幻人"。乐是音乐师，恐怕不是一个人，而是献上了一支管弦乐队。

倭国女王所献的男子和女子应该也不是一般人。即使没有特长，也应该是一些或特别高大，或特别魁梧，或特别矮小，富有特色之人。对此，魏国给女王的答礼是"金印紫绶"，上面刻着"亲魏倭王"，但这枚印尚未被发现。而比之早180年的东汉光武帝建武中元二年（57）倭奴国遣使时获赐的"汉倭奴国王"金印，早在江户时代就从志贺岛[3]出土了。这个时候还不清楚倭奴王拿了什么东西作为礼物，《后汉书》只记载"奉贡朝贺"。不过，安帝永初元年（107），倭奴王献上160人。虽然没有明确男女的数量，但若都是有特技、特征明显之人，数量就过多了。由于东汉相较于西汉时

---

1 即帕提亚帝国，亚洲西部的伊朗高原地区古典时期的奴隶制王国。公元前247元建国；公元224年灭亡。
2 亚历山大国。——作者注
3 位于日本九州福冈市东区博多湾。

期人口数量下降，或许此次献礼只是单纯提供劳动力而已。

以活人献礼在唐代也十分盛行。《新唐书·西域传》中，康国[1]在开元（713—741）初期，以侏儒、胡旋女子等为礼物进献给唐朝。胡旋女子应该就是会立起脚尖跳舞的女子。与其临近的米国[2]也在开元年间献上了师子（狮子）和胡旋女。据说这个国家与唐朝民间往来也很频繁。位于长安的索隆阿斯特寺院里也有很多来自此国的祝祠[3]信徒。

因为中国没有狮子，所以西域各国经常进贡狮子。康国在太宗时期也曾献过狮子，太宗还命虞世南作了《狮子赋》。

新罗与唐朝关系密切，所以使节往来非常频繁。贞观五年（631），新罗"献上女乐二"，但不知是两位女音乐家还是两个乐队。太宗御评：连林邑（越南）献上的鹦鹉都说思念故乡了，何况有思想懂感情的人呢？于是，将她们送了

1　西汉时称康居国，位于中亚锡尔河至阿姆河之间。为昭武九国之首，原于祁连山北昭武城，今甘肃高台县境。昭武九国为康国、安国、曹国、石国、米国、何国、火寻国、伐地国、史国。
2　西域古国名，昭武九国之一。约于今乌兹别克斯坦撒马尔罕西南。唐朝时为中国的附庸国。
3　祭祀鬼神的祠庙。

回去。

不可思议的是,《新唐书·北狄传》中关于渤海一项记载:

> 大历中,二十五来,以日本舞女十一献诸朝。

渤海国和日本是友好国家,渤海国的使节经常造访日本,日本也建造了能登客馆接待他们。使节和日本文人也以诗会友,互相应和,且有诗传世。看来渤海国把日本所献之舞女转赠给了唐朝——赠答礼品相互转送的历史相当悠久啊。

日本向唐朝进贡时到底带去了什么呢?史书只是模糊地记为"方物",所以我们至今不太清楚。《新唐书》中记载,永徽初期(650—655),日本孝德天皇即位改元为白雉时,献上"虎魄(琥珀)大如斗""码磟(玛瑙)五升"。到了这个时代,已经不再进贡活人了。相反,为了留学而入唐,像阿倍仲麻吕那样学成并未归国,而是在唐朝任官,并在唐土终其一生的人也不在少数。

我有点担心那些作为贡品的人后来怎么样了,他们是如何善终的呢?像魔术师一样拥有特技的人一定把技能传给中国了吧。虽然没有出现在历史记录中，但他们成了文化交流的基石，这一点也可想而知。据说，宋代著名书法家米芾便是上述米国移民的后裔。

以人作为贡品确实有违人道。然而，稀有物品可能会丢失，而人所传下来的技能及其所见所闻，则会以某种形式留存下来，丰富人们的生活，有助于人们之间的相互理解。

（1983年12月）

鉴真使命感的背后

日本的两位僧人荣叡和普照去扬州大明寺恳求鉴真大师赴日传法。大师问徒众:"日本真是跟佛法兴盛有缘的地方,我们中有谁愿应这来自远方的邀请去日本传法?"但无人作答。于是大师决意东渡日本:"此乃为宣扬佛法,生命何足惜,若无人前往,我便去。"

根据《东征传》记载,鉴真大师之所以坚定远赴日本的信念,自然是为了佛法,而且还能看出是"缘分"促使他毅然赴日。即使留在唐朝,鉴真大师也会为佛法倾尽心力,在大明寺他也是这样做的。他坚定信念远渡重洋,冒着危险赴日传法,是因为他早已认定日本是跟佛法有缘的国度。

鉴真认为日本与佛法兴盛有缘,也表明与自己有缘,他为弘扬佛法奉献着自己的全部身心。日本谚语有云:"陌生人在路上碰了衣袖,便是前世修来的缘分。"天下处处有缘分。无以计数的缘分,自然会有大小强弱之分,如碰到衣袖的缘分和成为夫妻或亲子的缘分,应该存在着巨大的差异。鉴真大师认定与其留在唐朝,不如前往日本。一定是那种缘分的强烈冲击促使他做出了这个决定。听到同样的话的弟子们不去日本,应该是那段话没有强烈地感染到他们。

玄奘法师在印度那烂陀学林学法的时候,年逾百岁的戒贤法师亲授玄奘5年佛法,之后便建议他回国传法。在玄奘法师将要离开之时,戒贤法师的确向别人申明不要挽留玄奘。当时印度佛教已呈现出衰微的趋势,戒贤法师实际是想让佛法扎根在另一片崭新的土地上。

鉴真大师去日本也是为弘扬佛法开辟出一片新天地。或许他当时已经感觉到唐朝和佛教渐渐衰落。742年,日本僧来到扬州时正值唐玄宗天宝元年,那时杨贵妃已得到了唐玄宗宠爱。

《资治通鉴》关于开元二十八年(740)的情况是这样记述的:

> 海内富安,行者虽万里不持寸兵。

天宝元年,10位节度使驻扎边境各地,安禄山是其中的平卢节度使。《资治通鉴》描写天宝元年时写道:

公私劳费，民始困苦矣。

就如戒贤法师感受到戒日王之印度帝国与佛教的衰落征兆一样，鉴真大师也预感到唐朝及唐朝佛教日渐衰微的态势。果然不出所料，鉴真到达奈良的第二年（755）便发生了安史之乱。

鉴真大师作为佛教信徒不是看表面的政治局势，而是深谙民众内心深处的状态，所以他清楚地知道时代会有重大转折。

据我推测，假如是在开元的前半叶天下太平的时代，即使听闻东方有与佛法兴隆有缘之地，鉴真也不会去那里。他预见将发生时事动乱和佛法危机，为此才决意不顾危险奔赴有缘之地的。

鉴真虽然满怀使命感，但如若不具备开拓者的进取精神，东渡日本的夙愿也不会达成。就佛教而言，宇宙万物皆受到因果循环法则的影响和控制，而能够促成那命定之事的条件就是"缘"。同样是"缘"，但因感受到"缘"的人心灵各异，导致众人采取的现实行动也不尽相同。

这次鉴真大师法像被运回扬州故里，我陪同随行时，不断思考着1200多年前究竟是什么触动了鉴真。他确实因缘起而远赴日本,但他一定是满怀着使命感才得结此缘。我看着安静打坐的鉴真大师像,能够感受到他那种炽热的激情,但尚不能触及促使他激情迸发的根源所在。

(1980年4月)

扬州大明寺

唐招提寺的国宝鉴真大师塑像荣归故里，在中国被描述为"鉴真大师回国"。在日本能被称为"和尚"[1]的，严格地说就是可以进行授戒的授戒师，而鉴真大师在天平宝字二年（758）就被朝廷赠与了"大和尚"的尊号。在日本，提起"和尚"，人们立刻便会想到鉴真，这是名副其实的称号，且已为人们所熟知。不过，在中国使用"和尚"这个称谓的话，需要做详细说明，得道高僧一般好像被称为"大师"。虽然两国同样使用汉字，但由于历史背景各异，也不能完全依赖"同文之谊"。同样的汉字在使用时也一定要加以区别。

今年4月19日，有关部门在鉴真大师的故乡扬州举办了

---

1 日文为"和上"，后文还有"大和上"。

欢迎其"回归故里"的法事。我以朝日电台的特邀嘉宾身份，在法事开始的前几天从上海出发抵达扬州。举办法事的地点就在鉴真大师曾经授戒的大明寺。日本僧人荣叡与普照于唐朝的天宝元年（742）来到寺中，邀请鉴真作为授戒师赴日传法，从此鉴真东渡的历史故事拉开了序幕。

"扬州真是一个舒适、安静的城市啊。我感受到了与鉴真相契合的精神气息。"在寺中参与法事的一个日本人这样说道。

现在的扬州市有28万人，是个舒适的中小型都市，但是唐代的扬州实际上更大，现在矗立在我们眼前的扬州与鉴真时代的扬州并不完全一样。

最近，经考古调查，已大体确定了唐代扬州城的规模。虽说是唐代都城，但无疑是隋代营造的江都城。随着时代的变迁，扬州的城市范围越来越小，可以说一开始就没有必要建造那么大。但无论怎样，都是喜欢无比奢华的隋炀帝建造的。

大明寺的东面有一个叫观音山的略高的地方，在那里能够看到迷楼的遗迹。那是隋炀帝建造的大型宫殿。"神仙到这里也会迷路的"，他为此自鸣得意地取名"迷楼"。当时的大明寺位于迷楼旁边，之间隔着城墙与护城河，肯定比现在的规模大得多。

鉴真大师生活的时代仍然是喜欢奢华之风的唐玄宗统治的太平盛世,自隋炀帝起已历经百余年。不仅城市和寺庙的规模,那种气氛应该也相当奢华。

扬州是大运河的起点。隋朝统一了长期分裂的南北方,为了巩固统一,隋朝开凿了联结南北的大运河。隋朝这种要巩固天下的心情完全可以理解,不过有些急于求成,勉强为之,结果以短命王朝而告终。建成后的大运河,无暇顾及隋朝的灭亡,忙碌地发挥着它的作用。自不必说,它的起点扬州成了十分忙碌的城市。作为交易、运输的中心,繁荣而昌盛,外国商人也大量拥来。现在扬州市内留下的最古老的穆斯林墓地据说是南宋时期的。而阿拉伯人和波斯人一定在更早就到过这里。

来自印度、亚洲东南部的商人和僧侣应该在此往来不断,日本的遣唐使也是如此。日本与新罗的关系恶化之后,就放弃了朝鲜半岛沿岸的来华路线,而是先到达长江一带,然后沿大运河北上。估计鉴真从少年时代起就见过很多外国人,其中也包括日本人。

近代的贸易港必须能容纳巨大的外国航船停靠,但是扬州大运河不能满足这样的条件。而且,后来贸易往来多转到上海，扬州不再繁忙，因此成为了一个整洁、宁静的城市。在鉴真所在的时代，从大明寺可以望到迷楼，而大明寺自身也是绚彩华丽之极。

这座寺庙是在南朝刘宋的大明年间（457—464）建造的，因此得名"大明寺"。"大明"虽说是5世纪的年号，但清朝皇帝对寺名与前朝名号重合一事颇为不悦。1765年，清朝乾隆皇帝御笔题写"法净寺"的牌匾赠与寺庙。虽然"大明寺"的称呼已深入人心，但无奈是皇帝的诏令，此后便不得不改名为"法净寺"。但是，这次鉴真大师"回归故里"，寺名如果不同岂不可笑，因此再次改回"大明寺"。虽然大明寺的新牌匾已经制作好，但是直到举办法事的前一天，牌匾上面还贴着一张纸，上面写着"法净寺"三个字。

举办鉴真大师的纪念活动，在中国并非首次。在鉴真大师往生极乐的14年后，路过扬州的日本遣唐使传达了其死讯，寺庙便举行了大型法事。当时全体僧人穿着丧服，面朝东方致哀悼念。1963年，也举办了鉴真大师逝世1200年纪念法事，并在大明寺立碑纪念，碑文为赵朴初亲笔题字。17年后，回归故里活动的中方委员会主任也是赵氏家族的一员。

（1980年7月）

鉴真的气息——唐招提寺

在寺庙与其开山鼻祖的关系中,没有哪个比唐招提寺和鉴真大师的关系更为紧密的了。说起唐招提寺就会联想到鉴真;听闻鉴真大师的名讳,就会在余音中听到唐招提寺名号的回音。高野山金刚峰寺和弘法大师,以及比叡山延历寺和传教大师之间的关系,或许可与之相比,但是高野山、比叡山分属真言宗和天台宗,而且涉及众多信徒。仅仅因为这一点,寺庙与开山鼻祖之间的联系也必然会减弱。宗派的势力及其体系一旦强大起来,甚至连亲鸾和日莲这样具有强烈个性的开山鼻祖都会超越与一座寺庙的密切联系。

鉴真的寺庙

唐招提寺可以称为"鉴真大师的寺庙",令人深感亲切,这也是唐招提寺的最大特色。这座寺庙具有不可动摇的非凡气度，令人感到特别容易接近。不得不说，对于一座寺庙来说，这十分罕见。

这座寺庙是由鉴真建造的，但现在的唐招提寺和鉴真大师在世时的样子大不相同。伽蓝中心是安置本尊的金堂，所以建造寺院应该从建造金堂开始。尽管如此，这座寺庙仍率先建造了讲堂。鉴真大师在世时，如今的唐招提寺金堂并不存在，只有高大的讲堂矗立在那里。

讲堂也是由皇宫里的古老建筑——朝集殿拆卸的木材建造的。虽说古旧，却谈不上老朽。当时朝廷计划向近江保良宫迁都[1]。主要建筑物的部分建筑材料便捐赠给了寺庙。

鉴真大师没有用布施的材料建造寺院的门面——金堂，而是用其建造了讲堂。据说金堂之名源于堂中安放着金光灿烂的佛像，因此也被称为正殿，是伽蓝的核心堂宇，禅家称之为佛殿，中国一般称为大雄宝殿。没有金堂的寺庙不能算作真正的寺庙，只是未完成的寺庙。即使如此，鉴真大师还是未建金堂，先造了讲堂。

天平宝字二年（758），71岁的鉴真大师卸任宗教行政官——僧纲一职。孝谦上皇诏曰："……其大僧都鉴真和

1　天平宝字五年（761）因为平城宫改修，日本国都暂时移到近江国保良宫。

上，戒行转洁，白头不变，远涉沧波，归我圣朝，号曰大和上，恭敬供养。政事烦劳，不敢劳老，宜停僧纲之任。集诸寺僧尼，欲学戒律者，皆届令习。"

日本朝廷对这位高龄唐朝僧人寄予的期望并不在宗教行政方面，而是为诸寺僧尼传授戒律。如此一来，最重要的便是建造讲经传法的讲堂了。

次年，鉴真大师便在御赐的已故新田部亲王的旧宅地上兴建了现在的唐招提寺。一般认为，新田部亲王之子道祖王背叛了朝廷，因而府邸上缴充公。既然是亲王的旧宅，一定占地广阔，建筑林立，鉴真大师的禅房和学僧的僧房等便可以使用原有的建筑。

即使是亲王府邸也没有可以作金堂和讲堂这样的大型建筑。利用拆除的朝集殿材料建造什么好呢？因为材料有限，只能在金堂和讲堂之中选择其一。大师考虑到朝廷之需和自己自唐而来的使命，果断选择了后者。

唐律招提

这是最初的寺名。唐朝习惯将奉诏所建的官立寺院称为"寺"，私立寺院则称为"招提"。"招提"实际指寺院，所以寺名"唐律招提"字面之意便是"唐律寺院"。不知何时去掉"律"字，加上了与"招提"意思相同的"寺"字。

"招提寺"无非是研究、宣讲戒律的寺院，当然也是信徒朝拜之所和学术气氛浓厚的伽蓝。这与玄奘和义净学法之地——印度那烂陀寺院极为相似。叫法因人而异，也有人称那里为那烂陀大学。

唐招提寺是研究学问之所，希望来此访问的人首先将这一点放在心上。而且，虽然创建之初朝廷慷慨资助，然而招提寺始终是私立寺院，这一点不可忘却。住持鉴真大师的人情味渗透在学问的各个方面。瞻仰鉴真风采时，距离越近，越能真切地感受到暖暖的亲近感。可以说，大师赋予了这座寺庙自诞生以来便具有的个性特点。

讲堂是唐招提寺的核心，而且如上所述，是由朝集殿布施的木材建造的。因为使用的是拆迁的旧材料，根本无法建造出其他样式的建筑来。原有材料已有固定的尺寸，所以只能建造几乎一模一样的建筑，这也可称为改建。如此一来，现今我们可见的唐招提寺讲堂，只不过是青丹[1]奈良都城的一座宫殿而已。

不过，讲堂经过镰仓、江户、明治、昭和四代拆卸修

---

1 "青丹"在日本意为一种从青黑色土中提取生产的颜料呈现的颜色。这种土产自奈良，所以"青丹"又指奈良。

理后，原本的山墙建筑移建时被改为歇山式。镰仓时代修缮讲堂时改动了屋顶的形状，变成中世纪风格的外观。虽说如此，昭和年间修缮时（昭和四十五年至四十七年），基坛从3段升到了7段，恢复了天平[1]时期的旧貌。

平城京的宫殿如今已荡然无存。正因如此，改建此朝集殿的大讲堂成了重要历史遗迹。这是奈良时代唯一一处宫殿遗存。

"此间不似寺庙。"瞻仰改建的讲堂时，也许有弟子会产生这样的不满。鉴真大师或和颜悦色地这样作答："欲习戒律，不必非得在像样的寺院建筑中学习。"

此乃学习之所，所以讲堂比庄严的佛堂更让人感到神清气爽，但那些期待佛教庄严性的一众弟子有些许不满也是可以理解的。或许鉴真大师觉得，朝集殿不适合做金堂，从而选择建造成了讲堂。鉴真失明后即便看不见建筑的形貌，却也能够清楚地感受到建筑物的气韵氛围。

与讲堂相比，金堂的确更显佛寺之风。唐招提寺金堂是鉴真大师圆寂之后建造的。但这也不意味金堂与鉴真关系淡薄。据推测，金堂建于宝龟年间（770—780），大概在鉴真

---

[1] 圣武天皇时的年号。圣武天皇是文武天皇的长子，本名首，是日本奈良时代的第45代天皇，724年至749年在位。

圆寂之后10年，那时道镜已经失势。比起政治色彩过强的道镜，鉴真大师的宁静淡泊十分令人怀念。

建造金堂时，深受鉴真大师教化的僧侣们应该活跃在佛教界的中枢。鉴真生前建造了讲堂，由此可大胆推测，大师有修缮整个寺院的计划。关于此事，他一定已向众弟子说明。我认为正因为已经双目失明，所以鉴真对修缮寺院的说明才更为详尽。

鉴真大师把唐招提寺托付给了义静、法载和如宝[1]三人，他们都是随鉴真一同远涉重洋的弟子。其中如宝年纪最轻，《唐大和上东征传》记载他是胡国人。大师圆寂后，唐招提寺的重担便落到了出身西域的如宝肩上。

如宝没有辜负鉴真大师的期望，甚至可以说是超越了大师的期望。大师不是有意将唐招提寺打造为朴素的学林吗？不过在附近有一座规模庞大、空前壮观的东大寺。如宝作为二代住持，虽然听过大师生前的详细规划，但总想建造出更大规模的寺院，这也是人之常情。虽说如此，但大师的核心精神不可违背。如宝是大师事业的继承者，同时也是其精神的传承者。

---

[1] 三人皆为一同随鉴真东渡日本的弟子。其中的如宝，即安如宝，被鉴真选为二代住持。

"这样做是否过于豪华了呢?"如宝在建造唐招提寺寺院时,耳边似乎传来了师父的声音。每次他都会这样回答:"这是朝廷的意思。"

另外,如宝一直希望将私立寺院唐招提寺转为官立寺院。宝龟七年(776),鉴真大师圆寂13周年忌辰,播磨国[1]的50户香火纳入该寺庙;次年,备前国[2]授予寺院土地13町步[3]。如此一来,唐招提寺成为官立寺院,经济来源得到了保障。

这些都要归功于如宝。唐招提寺中除了此前建好的讲堂外,几乎所有堂宇都是如宝的时代建造完成的。金堂自不必说,钟楼和经楼也是如此。尽管如此,提起唐招提寺,人们依旧认为那是鉴真的寺院。我不禁想,如宝是极具才能之人,他十分注意不让鉴真大师的精神气息从这座寺庙里消失。为此,他也在尽力不让自己的色彩显现出来吧。

伫立在唐招提寺前,穿过立有朱漆柱子的南大门之前,会吃惊得屏住呼吸吧。那门框恰似画框一般,将金堂的全貌

---

1 日本古代的令制国之一,属山阳道,又称播州,领域大约相当于现在的兵库县西南部。
2 日本古代的令制国之一,属山阳道,又称备州,现在之冈山县东南部及兵库县赤穗市的一部分。
3 即町,日本古代面积单位,1町为99.17公亩。

收入其中——天平屋瓦耸立在左右套廊之间。

日本天平时期修建了许多寺院,在各诸侯国建造国分寺、国分尼寺也是在天平年间。建造寺庙,定会建造金堂,但时至今日只有唐招提寺还保留着天平时期的金堂。这座寺庙的金堂代表着众多消失的金堂,依然耸立于世。窥望南大门怀抱下的唐招提寺金堂,似乎能够感受到它那孤傲的风骨。金堂的屋顶两端有鸱尾——鱼尾形脊瓦飞檐翘角。据说,南大门左右两侧的鸱尾建于不同时代:左侧为天平时期所建;右侧则为镰仓时期所建。既然有这样的传闻,谁都想来比较一番吧。静静地凝视天平鸱尾,似乎能感受到线条流动的节奏感。镰仓时代的鸱尾虽颇具重量,却并未传达出动感之美。

提起唐招提寺的金堂,与安放在其中的佛像相比,那8根圆柱更容易引人注目。与希腊神庙的圆柱相比较,我们仿佛能感受到"如宝出身西域"。总之,唐招提寺金堂的圆柱的确坚如磐石,所见之人皆为之赞叹、感动。正对着金堂往左走的地方,竖立着会津八一[1]的歌碑,那是歌咏这些圆柱的文字。

---

[1] 会津八一(1881—1956),日本著名诗人、书法家和美术史家,毕业于早稻田大学;代表作有《南京新唱》《鹿鸣集》。

招提立柱明月影,

置身缅怀大唐情。

唐招提寺一般在秋天举行赏月赞佛会。当天晚上,僧人开门迎接月光,并在堂内点灯。这使得堂内的诸佛清爽现身,显示出不同于平日的庄严。

金堂诸佛塑像身躯都很魁梧。中央的卢舍那佛虽为坐像,但仍有3.4米高。面对卢舍那佛,左边的千手观音立像约为5.35米,右边的药师如来立像约为3.7米。观月赞佛会的当天晚上尤显恢宏。堂内的其他诸像——梵天、帝释天及四大天王塑像都接近1.9米高,身形应该大于真人身高,不过在三尊像面前看起来有些矮小。

金堂的九尊佛像皆被御封为国宝。虽无法得知佛像准确的建造年代,但毫无疑问,建造金堂之时各类佛像一定已然塑造完成。既如此,建造金堂时跟随鉴真从唐朝远渡而来的佛工应该还健在。佛工为建造高僧鉴真寺庙中的金堂佛像,必定各尽其才。人们常用"大陆风格的造型"来形容唐招提寺的佛像,特别是主佛舒适的坐姿、敞开衣裳裸露胸部、豁达开朗的表情等。我感到确实与"大陆风格的造型"十分贴切。不过,此尊佛像的莲花座内部,记载着几位像似佛工的姓名，有人说这不像唐人的做法。但渡海来日已过去20余年，或许随行的佛工融入了日本的手艺行业，入乡随俗，把名字刻在了莲花座上。

唐招提寺可谓不同文明的交融之地。鉴真的愿望便通过这次交汇，让人们内心丰盈，灵魂富足。因此，鉴真更为努力地将唐朝文明成果带入日本。这一点从第二次出海的货品清单上便可推知。唐朝是当时的世界帝国，随员中除了胡人如宝外还有昆仑国人军法力、瞻波国人善听，这也是唐朝的特有现象。由于同日本留学僧荣叡和普照长期接触，加之堪称国际贸易大都市扬州的成长背景，鉴真大师并非对日本完全一无所知。尽管如此，鉴真从未试图使用短视的策略，将自己带来的文明发展成日本的东西。无论阻力多么强大，他都想把原汁原味的中国文化带到日本。

提到"吸收"，理应是日本吸收中国文化，而且常年累月地去吸收，也应该尽量不要投机取巧。由于看法不同，异质程度越大越好，这样一来才能更为有效地促进文化发展。

新叶滴翠，来拂拭尊师泪。[1]

---

1 出自松尾芭蕉的《拜盲圣鉴真》。

著名的松尾芭蕉俳句碑矗立在旧开山堂的石阶下。雅致舒适的旧开山堂，其样貌与俳句碑十分相称。

贞享五年（1688）草木抽青的时节，芭蕉拜访了唐招提寺，参拜了鉴真大师尊像。这年秋天，日本改年号为元禄。芭蕉在《笈之小文》一书中写过该诗的小序："招提寺鉴真高僧历经七十余次艰难险阻，远涉重洋来朝。双目吹入海盐风、终致失明。现诚心参拜高僧尊像。"昭和三十八年（1963）以前，鉴真大师尊像置于旧开山堂，如今则安置在北面的御影堂内，仅在每年6月6日的忌日前后开堂进香。

鉴真大师塑像堪称日本造型美术史上的空前杰作。

天平宝字七年（763）春的一天夜里，唐僧思讬的弟子忍基梦见讲堂的栋梁折断。在中国，一般认为梦里出现寺庙佛殿（金堂）的栋梁折断是高僧圆寂的前兆。由于唐招提寺当时没有金堂，所以忍基梦里出现的是讲堂。

忍基将梦境告知师父思讬，思讬由此知晓鉴真圆寂之日将近，于是急忙召集弟子，开始为大师取像塑形。这样做成了如今被御封为国宝的鉴真大师尊像。

鉴真大师雕像的制作过程称为"脱活干漆"：首先用塑土铸造大体轮廓；在此基础上用漆将麻布等多层叠加；待漆干后，脱去内部塑土，塑像便制成了。仅凭外观无法得知，实际上这座像体壁极薄,因而重量也格外轻。据说,当时漆十分稀有、贵重。从增加作品的表现力上来说,当然漆涂得越厚越好。不过作为黏合剂的漆甚是昂贵,无法大量使用,只是薄薄地涂了一层——有人对鉴真大师尊像做出了上述判断。

当时的唐招提寺是私立律学研究所,财政上并不宽裕。但鉴真大师德高望重,支持者为数众多。以孝谦上皇为首,掌握政界主导权的藤原仲麻吕也诚心皈依。因此若想得到财政援助,易如反掌。

所以,塑像之所以轻薄,因时间不足的解释更为适宜。大师圆寂之期迫近,要想为其塑像,必须让大师端坐,但不能让他盘腿打坐持续时间过长。因为大师疾病缠身,自那年春天起,体力便开始急剧衰退。

弟子们一边暗自哭泣一边加紧塑像。不久大师便要驾鹤西游,弟子们心中焦急,唯愿制作一尊一模一样的塑像,作为心灵支柱。

在这样紧迫的状况下,经过弟子们全神贯注、夜以继日的努力,鉴真大师的尊像完成了。大师于当年五月六日圆寂。五月六日是阴历,忌日定为阳历6月6日前后。

唐招提寺的伽蓝塔、食堂和西室等处曾因失火而烧毁。

芭蕉来此朝拜时，开山堂位于西室的北面，在西室的大火中被殃及，移至东室的北面。在此次火灾中，鉴真大师塑像却奇迹般地被抢救出来。

西室遗迹旁边是池塘，西边建有戒坛。鉴真大师为传授戒律而来，所以此戒坛对于唐招提寺来说十分重要。穿过东门往北走，便能看见一座庙宇。这处幽静之地，正是鉴真大师的墓地。

以前安放在讲堂里号称"唐招提寺样式"的诸佛像，有些已严重受损，现藏于新建的藏宝阁中。由此讲堂便空了出来。但是，讲堂原本是讲学之所，不应为安放佛像的地方。讲堂提高了基坛，中间又空出来，于是又回到了天平时期的模样。

唐招提寺内至今仍散发着鉴真大师和天平时代的气息，历久而弥香。

（1980年6月）

闪耀之星——空海大师

一直认为密教起源于印度,然后以"奔跑"的速度传入中国和日本。一般来说,外来信仰需要历经岁月洗礼才能在某一国家扎下根来。有学者认为起源于印度的佛教逐渐与中国风土人情相融合的这一进程历经了大约200年。

达摩传承的禅宗也是凭借200余年后的《百丈清规》[1]才成为独立一支的。另外,自鸠摩罗什翻译《法华经》到天台智顗建立天台学体系为止,同样历经了200多年。但是,只有密教兴起于印度后,很快便传入中国,又旋即传入日本。之所以用"奔跑"来形容密教,是因为与其他宗派相比,其发展速度可谓惊人。

密教发展迅速,其原因是多方面的。密教倡导象征主

---

[1] 又称《百丈古规》,记载佛教寺院、僧侣生活规式,唐代洪洲百丈山怀海禅师为禅宗寺院所制定。

义,注重直观性,这一点一开始便引发了人们的兴趣。另外,密教中有一批才华横溢的传播者也是其迅速发展的主要原因之一。

从印度远道而来向唐朝传播密教之人,有金刚智(vajulabody)及其弟子不空(amogavajura),以及一位叫作善无畏(subakarashinha)的天才。而且,唐朝派去迎接的僧一行及惠果大师等人也都是不可多得的人才。从唐朝回到日本传教的高僧空海,在当时也是举世无双的人物。

对于密教的传播来说,这些人如明星般熠熠生辉。因为密教传教过程为秘诀传授,尤其需要人才。而9世纪初能出现空海这样的高僧,密教才得以传承,可谓日本之幸。

延历十六年(797)12月,空海著述《三教指归》。该书可以说是他的信仰宣言。在那之前,人们以为空海于京城大学馆学习儒学,其对道教也颇有兴趣,或许对佛学并不感兴趣。但空海为寻求精神自由,即解脱,将佛教中的优秀经文戏剧化,编写成书,从而创作了《三教指归》。

在《三教指归》中,主人公兔角为劝阻外甥蛭牙公子游荡,委托龟毛师傅进行劝导,故事由此展开。龟毛师傅是儒教的代表。接下来出现的是道教的代表——虚亡隐士,他要从道教的立场来驳倒儒教。最后,一个化名为乞儿的人登场，宣讲儒道两家不如佛教的观点。最后龟毛师傅和虚亡隐士被说服，皈依佛门，故事结束。

通过这个空海24岁时创作的作品，我们清楚地了解到他在中国诗文方面的造诣。中国自古以来便常以问答形式来阐述事物优劣。公元前2世纪的司马相如作《子虚赋》，其中便有公子子虚、乌有先生、亡是公三位人物登场。他们对打猎、奢侈等物象罗列辞藻，最后结论归于节俭。在东汉班固的《两都赋》中，东都（洛阳）的主人及西都（长安）的客人展开问答讨论，结论为洛阳优于长安。晋朝左思的《三都赋》使"一时洛阳纸贵"的逸事十分有名，它也承继了这种以比较的方式进行推理的修辞传统。在空海的《三教指归》中，从登场的人物名字中便能够感受到，其很明显受到了《子虚赋》的影响。文章中华丽文体接近《三都赋》，而且作者在充分体会、理解之后，再以其丰富的想象力及洒脱自然的表现力所作之文的确令人惊喜。由此可见，后来空海入唐时他的《三教指归》震惊唐人也就不足为奇了。

自《三教指归》中发表信仰宣言起到入唐为止的大约7年，是空海人生经历的空白部分。这7年空白或许令传记研究者倍感困惑，但如若把空海的故事写成小说，这段空白时期最有利于作者自由地发挥想象力，或许这样塑造出的形象会更贴近真实的空海。

当我想把空海写进小说的时候，我首先要发挥自己的想象力来填补这7年空白。于是，我绞尽脑汁冥思苦想，不过还是觉得力所不及，于是果断放弃了。

接下来，我根据鉴真的遗嘱及其他文献获知空海在唐朝的概况，但资料非常简略。我考虑了很久，最后决定把空海在唐朝的生活写成小说。此段历史并非空白，零星史实如简单的素描般存在，因此只需为画面增色添彩即可，这与我的能力相符。

空白的7年，恐怕是他在积极地做着各种准备的7年。据《御遗告》记载，空海曾在梦中受教，大和国高市郡久米寺东塔下藏有《大日经》。这是空海首次接触密教。若想系统学习大乘佛法，必须遵从大乘佛教经典的自然发展过程，即从《华严经》到《大日经》，按照这个顺序循序渐进。为此，梦中的指示为其跨过中间阶段，直接学习更高级别的经典。

众所周知，佛教最高学府是位于印度马加达的那烂陀学林。玄奘横穿沙漠，攀越雪山，远渡天竺，在那烂陀学林释疑解惑，取得真经。义净大师遵循律例，不顾艰难险阻，远渡海路前往印度，目的地也是那烂陀。那烂陀学林似乎自玄奘离开的7世纪中叶开始,密教研究便成为了主流。7世纪末,据说有一位曾经与义净同窗数载、名为无行的唐代高僧在此留学。无行想把从那烂陀所学的经典带回唐朝,无奈归途客死北天竺。但他收集的经典如生前所愿被送到长安,其中也包括《大日经》。

当时,同在学林学习密教的印度摩伽陀国王族戍婆揭罗僧诃[1],受达摩掬多之命前往长安。他于716年到达长安,其中文名是善无畏。他便是为前面提到的无行搜集、并在其死后送往长安华严寺的《大日经》汉译之人。善无畏翻译经文时,他的弟子一行——也是一位优秀的天文学家——一直辅助他。他们汉译时一丝不苟,力求准确,终于在开元十三年(725)完成译稿。

《大日经》何时传入日本尚不清楚。据说空海在久米寺东塔下读到此经,心生疑义,为解除心中疑惑,才立志入唐。探究再三仍然有不明确的地方叫"疑义",因此空海首次接触《大日经》之后应该没有马上前往唐朝。可以想象,他一定在很早之前便开始诵读《大日经》了,在深入理解密教讲学后,产生诸多疑问不得解答,而日本又没有可释义之

---

[1] 即善无畏(637—735),唐代高僧,东印度乌荼国人,甘露王的后裔。13岁继承焉荼国王位,后出家,向达摩掬多学习密法。

师，才决心去唐朝的。

当时交通颇为不便，但密教传播却极为迅速。725年翻译的《大日经》，历经几十载便见于久米寺东塔中。但若无空海这样的人才尽心传播，即使拿来无数经典，也不得传承。

玄奘于那烂陀寺修行6年之多；义净钻研佛法长达10年之久。与二人相比，空海在唐仅仅两年，且抵达长安半年之后，才与青龙寺之大阿阇梨[1]惠果大师会面。若自抵达福州时算起，已经过去10个月之久。而且惠果将佛法面授空海半年后便驾鹤西去了。空海在唐两年，但实际上跟随师父学佛只有半年时间。

惠果的徒弟多达千人，甚至连入大阿阇梨之门都极其不易。在已经获准的入门弟子中，已师从惠果研习佛法长达10年、20年的人也为数不少。尽管如此，惠果仍将金刚胎藏两部大法毫无保留地传给空海，并灌顶授阿阇梨位，获此殊荣的除义明之外唯有空海一人。而且听闻义明为多病之身，估计难承重任。由此可见，惠果只选了空海做他的继承人。

永贞元年（805）8月上旬，空海受阿阇梨位灌顶传法，此时距惠果见空海还未满3个月。但是，他却毅然抛却10年、

---

1 密宗僧职。

20年的门徒,选择空海作为密教的继任者。此事可以说是一个很大的谜。《御请来目录》[1]中有下面一段记载:

> 于是来此历城中访名德。偶然奉遇青龙寺东塔院大师法讳惠果阿阇梨。其大德即大兴善寺大广智三藏之付法弟子也。德惟时尊,道则帝师。三朝尊之受灌顶。四众仰之学密藏。空海与西明寺志明、谈胜法师等五六人,同往谒见大师。大师乍见含笑。欢喜告曰:"我先知汝来。相待久矣。今日相见大好大好。报命欲竭。无人付法。必须速辨香花入灌顶。"

虽是偶遇,但与梦中提点相同,上文所述将这个过程简略了。空海为求学密教而特地来到大唐,并拜密教最高峰惠果为师,使此类"偶然相遇"见解不攻自破。"惠果知晓空海的到来,并恭候多时。"空海仅为一介留学僧,惠果事先不只知晓其人,而且在初次见面时便断言其为接班人,实在不可思议。

针对上述谜团,存在诸多解答方式。

---

[1] 即《求法目录》,日本弘法大师编,大同元年(806)10月空海从唐回日本时呈献给天皇。

空海拜见惠果前,曾跟随醴泉寺的般若三藏、牟尼室利三藏学习梵语和印度宗教哲学。梵语极其难学,半年内基本无法通晓。恐怕空海在日本时便已开始学习了。与鉴真一同东渡日本的弟子如宝身为西域人,应对梵语十分精通。空海和如宝之间曾有来往。据记载,回国后的空海曾向如宝所在唐招提寺施以援手。由此可见,空海入唐前,向如宝或除如宝以外通晓梵语之人学习梵语也大有可能。《御遗告》中记载:"并诸新译经论唐梵合存。"

这一句意为,在惠果之处的两部密教传授以"唐梵",即汉语和梵语,两相对照完成。凭借入门级别的梵语知识是无法阅读艰涩难懂的200余卷《金刚顶经》的。可见空海应该在日本时就已经进行了大量的学习。

玄奘自唐朝动身时就非常明确,他的目的地是那烂陀寺;空海离开日本时心中一定早已垂青长安青龙寺。据此,可见空海推迟半年才来拜访青龙寺的惠果,或许是为了更加深入研究梵文,打好基础,以便可以胜任唐梵研究。至少我是这样推测的。

醴泉寺的般若三藏和牟尼室利三藏应该和惠果关系十分亲近。

我想他们或曾对惠果提起:"日本来了一位优秀学僧,

他拥有迄今为止不曾见过的横溢之才……"

所以惠果才会说："我先知汝来。相待久矣。"估计关于空海入唐之事惠果早已从醴泉寺的天竺僧处获悉。教授空海梵语及宗教哲学时,般若三藏一定惊讶咂舌,钦佩不已。

任何学问,一听提问便知其水平如何。空海于久米寺东塔诵读《大日经》时反复思考、绞尽脑汁所生"疑义",应该极有高度,其中不乏连般若三藏也无法回答的问题。

般若三藏说,这些问题若不问询惠果大阿阇梨便不可知。他也向青龙寺惠果转达了空海的提问。惠果仅仅闻听这些连般若三藏也不能解答的"疑义",便知空海参悟之深、学问之高。此等高度乃本门千名弟子所难企及——惠果见到空海后,看似突然决定空海为继承人,但一宗的教祖断不会行事如此轻率。惠果应是事先便了解了空海参悟的高低,见到真人后心中又惊又喜,才下定决心传位于空海的。

如此一来,初次见面时惠果看似不太合理的言行便可以理解,能够使人信服了。

提起谜团,据说空海自入唐以来便说得一口流利的汉语。不过,仅限于汉语的话,在日本应该比学习梵语更为容易。日本的渡来人[1]及其子孙后代,仍记得母语之人应不在少数。

---

[1] 古倭国(中国对日本的旧称)对朝鲜、中国等亚洲大陆移民的称呼。

空海在京城大学馆学习了儒学。此前他已从亲戚阿刀大足那里学习了《论语》《孝经》《史传》等经典。到大学馆学习时，听取味酒净成讲授《毛诗》《尚书》、冈田博士亲授《春秋左氏传》课程。当时的大学馆除主要教授儒学的明经科外，还设有纪传、明法、算术、书法和音韵道等学科。其中音韵道便是学习汉语，换言之就是外语专业。空海虽为明经科学生，不过师从同所大学音韵道教师学习汉语，亦无可厚非。况且空海写得一手精彩的汉文[1]，文章与语言相关联，学习语言进步之快也可想而知。

世上有推理爱好者，不乏有人时而发表异想天开的学说。仅凭空海汉语说得流利自如，便得出结论，空海在乘遣唐使船入唐之前，曾私自入唐从而掌握了汉语，甚至出现了"偷渡说"。当然，上述推理皆为空穴来风。但无论如何，由于空海入唐前7年左右为其空白时期，即使如此奇谈怪论也没有可以反驳的证据。

惠果或许正是由于空海提出的"疑义"才识得他的才能，他表现得异常喜悦是因为知道自己已经余生不多。从"报命欲竭……"一句便可窥见，惠果清楚地认识到自身日

---

1 "汉文"一词在朝鲜半岛和日本使用很频繁，在现代日语中专指文言文。

渐衰退,即将油尽灯枯。尽管如此,惠果仍为寺内尚无授法之人而殚精竭虑。空海适时出现,惠果得以触及高徒都未曾思考过的优质、精练的疑义,而且是连般若三藏也无法解答的问题。正所谓众里寻他千百度,终于得遇意中人——惠果与空海见面之前便已感慨良多了吧。

我是中国人,在日本长大,年轻时对印度也有所关注。空海作为联系日本、中国和印度的纽带功绩卓著,他也是我心中崇拜的偶像。

弘法大师空海的作品伊吕波歌[1]似乎是后人假托其所作,但产生上述传说,或许因为在一般人眼中空海才华横溢,方方面面都很厉害。据说冬至之时,大师会造访各家施以恩惠,现在一些地方还延续着这个施恩行善的传统。这是日本版圣诞老人的故事。可见民众对空海期望如此之高。

日本的笔墨等文化,多为空海所传播。空海吸纳当时唐朝的这些先进文化,并承担起将其引入日本的职责。为此,有人便歌颂其在文化史上的成就,但空海毕竟是宗教人士,避重就轻地称颂他宗教之外的功德显然不合情理。

---

1 即"いろは歌",是按照假名不重复的原则创作的47字说文。"いろは"也引申为开始学习时必须掌握的内容。这种假名的数组及顺序广泛应用于各种词典和编号中。

不过,正如曼陀罗所象征的那样,空海所传密教的目标是与宇宙合而为一。笔也好,墨也罢,文章也好,书法也罢,皆包含于宇宙之中。因此我并不赞同把这些看成是空海于宗教之外的功德。

当然,空海对日本文化所做的巨大贡献是毋庸置疑的。空海归国后所发表的《文镜秘府论》,甚至反过来对中国文化界也贡献颇大,影响深远,因此受到了高度的评价。

《文镜秘府论》论述了六朝至唐朝的各家诗文,引用书籍颇多。但空海所引用的书籍,不少在中国早已散轶。书名尽管已记载于各史艺文杂志上,但重要的典籍却已失传。显而易见,空海上述书中有引自散轶作品之处,至少有一部分是这样的。最近,《文镜秘府论》已于中国出版。中国佛教协会会长赵朴初作《〈文镜秘府论〉校注颂》一文;王利器在《中华文史论丛》1979年第二辑(上海古籍出版社)中发表名为《弘法大师与〈文镜秘府论〉》的论文;香港的王晋江著《〈文镜秘府论〉探源》于1980年由天地图书出版发行;中国台湾地区对空海的研究也不乏其例。中国的空海研究今后或将愈发盛行。

提到空海成功引进唐朝文化,必有这样反对的声音:在空海之前日本便通过遣唐使吸收了唐朝文化。不过,在空海之前，唐朝文化的传播范围有限，仅仅惠及日本的宫廷、贵族，及其亲信而已。

空海回国后，的确得到嵯峨天皇的信任，与朝廷密切联系，开展宗教活动。但其宗教活动不仅限于朝廷，也关乎平民。因为他断定凭借朝廷的力量，可以使宗教活动更加行之有效，大有裨益。空海组织的宗教活动包括农业用水工程及福利事业，他是如此伟大。空海虽与朝廷联系紧密，却将佛堂选址于远离宫城的高野山，由此可见他思虑周全。师从惠果之前，空海受教于般若三藏等人，接受了梵蒂特、印度思想哲学的全方位洗礼，尤可见其治学严谨，回国后也丝毫未变。

空海的真正价值，在于其创建了真言宗[1]。看似与此无关的事情，也被他视为分内之事。空海如巨星闪耀，光辉万丈，人们赞叹其光彩夺目，却无法真正了解他的伟大之处。远望弘法大师则闪耀天际；近看弘法大师也在我们身边。无论何时，只要心有所念，便可感受到他的气息。

（1983年6月）

1　日本佛教主要宗派之一，密宗的一种。空海法师在唐朝求法，回国后以东寺为道场弘法，故称东密。

《曼陀罗人》写后感

　　弘法大师的传记多得数不胜数，而且都流传了下来。在小说界，最近司马辽太郎撰写了《空海的风景》。虽说如此，但我仍要以《曼陀罗人》为题目写一部关于空海的小说，这是因为我想写他入唐后那两年的事情。

　　按照空海的《三教指归》，关于空海记载的空白时期是从他发布信仰宣言到入唐的7年，可能他在那段时间经历了无比艰苦的修行。从某种意义上说，没有资料的那段时期，比较容易创作小说。再直接一点，就因为是空白，所以在小说中可以想怎么写就怎么写。但因为没有资料可以参考，所以要深入了解他的内心才行。这段内容看似容易，却也是极其难写。

　　他入唐期间的资料也不太多，有他给福州观察使和越州节度使写的信，给青龙大师献袈裟的呈文，还有惠果大师碑等一些文书和他跟学生说的只言片语。我只能把这些资料组合起来做基础资料,不过他入唐后唐朝的状况却很明确。资料中存有当时政治形势和天气状况的记录。我只能依据这些资料,再把我了解的空海置于那段时期,并以我拙劣的头脑想象他的生活,以此来创作。

但我不能全然不顾他的传说,总感觉这些能用到我的这本书里。比如,在西湖附近的净慈寺里有弘法驻锡的传说。净慈寺是吴越国钱氏建立的,是空海离开唐朝150年后的事了,空海肯定不曾去过那里。福州鼓山的涌泉寺也有同样的传说,这座寺庙也是宋代创建的,所以空海也不可能去过。不过我了解到在涌泉寺建寺之前这里有座华严院,于是我想把这个传说写进了书里。

空海以前的遣唐使,抱有把日本打造成律令国家的目的。他们为了完善律令国家制度,为了粉饰这种制度,急于吸收唐朝文化。空海则从深层挖掘、吸收唐朝文化的精髓,并将其带回日本。回国后他设立了综艺种智院,不仅是特权阶级,普通人的孩子也可以在这里学习。我写这本书时一直把"综艺种智院"放在心上。可能善下围棋、左右国政的王叔文太过活跃,空海应该真切觉察到了他的政治活动。

连载期间获得那么大的反响,对我来说是从来没有过的。虽然收到了很多来信,但我那时还在撰写"中国历史",因此并没有一一回复。还有人将每次连载的内容吟咏成几首短歌寄来,我也未能回复。请允许我在这里表达深深的歉意。

第6次连载的时候,我经历了一件难忘的事情。因为要做插图,需要调整版面空间,出版社要把每行15个字、共80行的规则改为每行12个字,这样更便于读者阅读。我不仅可以用插图来调整行宽,而且每个月大概可以节约20张纸。但我没有感觉到轻松。到了最后阶段,他们才发现横向长一点的字读者看得更舒服,于是就用新的活字体,改为每行13个字。我作为作者,对这些变动有些不知所措,但因为字数能满足连载一年的约定,我感到很轻松。

(1983年7月)

重访青龙岗

今年4月我重访了西安。时隔5年故地重游，我又有了新收获：参观了秦始皇兵马俑博物馆和青龙寺遗址的空海纪念碑。5年前，兵马俑博物馆已经全面竣工即将对外开放，而青龙寺遗址只是简单地立了一个标示牌。

青龙寺曾是日本真言宗祖师空海大师求学密宗之所，地处唐长安城新昌坊。那一带地势高峻，称为青龙岗，参拜游玩者众多，也是小商贾的聚集地。现在青龙岗位于西安城郊，与大片麦田相连。遥想大唐倾覆时，朱全忠将长安城损毁殆尽，下令将宫殿、寺院等全部拆成零散木料，顺渭河漂流运送至洛阳，为了不留念想，随后纵火焚城。现存唐代建筑中，躲过拆解和大火之劫的，仅有大雁塔和小雁塔。据说，现在这座城市于明代重建，唐代建筑仅存五分之一。为与往日盛世长安之名相区别，才改名为"西安"。

曾经属于城区的青龙岗，现已被划至郊区，空海昔日求学的旧迹也已无处可寻。我站在那里，仅靠想象来感受那段历史时光。如今空海纪念碑耸立寺中，只有一间院落已经建好。青龙寺是大寺院，整体重建十分困难，所以目前只复原了东塔院，那是空海的师父惠果大师曾经居住的院落，据说也是依靠为数不多的资料记载重建的。瞻仰过空海纪念碑，我前往复原后的东塔院，不知不觉间发现自己还是想解开那个"谜团"。

说起谜团，东塔院的主人惠果大师为何置千名弟子而不顾，独将密宗的全部奥义传给了初来乍到的日本僧人空海？空海于贞元二十年（804）12月来到长安；次年5月末或6月上旬才在青龙寺东塔院初识惠果阿阇梨；6月接受了胎藏界灌顶；7月接受了金刚界灌顶；8月便接受了传法阿阇梨位灌顶。在此之前，接受过两部传法灌顶的只有义明[1]一人，但传闻他体弱多病，难担大任。传法阿阇梨位就是佛灯的传承人，是密宗界的最高统领。当时即将返回日本的空海接受了传法阿阇梨位的灌顶，而惠果郑重吩咐一众弟子不得阻拦空海回国。

---

1 唐代密宗僧人，惠果大师弟子之一。据《惠果行状》《惠果之碑》等记载，其师从惠果受胎藏、苏悉地、金刚界三部大法，得传法阿阇梨位，住持青龙寺东塔院，充任内供奉。

想必惠果大师门下一定有不少修行了10年或20年的弟子,而他却对初次见面的空海突然倾囊相授,而且在同年12月便圆寂了。这的确有些不同寻常,只能说是一个"谜团"。

站在青龙岗举目北眺,那一带曾称为靖恭坊,坊内一定会有袄教[1]寺院。长安城中还有景教(基督教聂斯托里派)的寺院"大秦寺",也一定会有摩尼教和伊斯兰教的寺院。

以现代人的观点来看,唐代长安无疑富含浓郁的国际色彩。不过对于唐之长安来说似乎是理所当然的。唐就是那样的国家;长安就是那样的都市。密宗也由金刚智、善无畏、不空和一行四位僧人传入大唐。他们当中仅有一行是汉族人,其他人都是来自天竺或西域的异邦僧侣。所以民族差异不会对密宗传法产生太大障碍。惠果大师生于长安附近的昭应,虽是汉人,却对日本僧人毫无偏见。就算了解这些,我也无法解开他将传法阿阇梨之位速授于空海之谜。

若说惠果门下无能人,这种揣测似有不敬。同为密宗传法,金刚智和善无畏翻译经书,而不空和一行著作甚多。一行甚至写文章批判他师父善无畏的主张。相比之下,惠果大

---

[1] 即琐罗亚斯德教,是流行于古代波斯及中亚等地的宗教,又称拜火教。

师并没有什么著作。看来这个秘密就隐藏在这一线索之中。

密宗传法原则是由上师亲自为弟子口诵传经。灌顶可谓一种传法仪式。空海回到日本后,坚守密宗的传教之法,拒绝了最澄法师借取《理趣释经》的请求。他说:"秘藏的奥义并非读经文可得。一定要以心传心。文乃糟粕,文乃无用之瓦砾……"由此可见,惠果大师虽无著作传世,却最是恪守密宗教义之人。

密宗是生命哲学,比如其教义肯定了性欲,所以对于境界未到之人来说有些教义是无法传授的。密宗传教须根据对方的思想境界确定相应的传授方法。对此做判定是为师之职。惠果大师一定在暗中对千名弟子的才能高下做了排序,因人传法也必是得心应手。在青龙寺东塔院初见空海,几番对答之后,惠果必定又惊又喜。恐怕他早已深谙自己的病情,自知时日无多,于是认定结识空海必是法缘,庆幸终于找到了密法传人。空海所书《御遗告》引发了玉堂寺珍贺等人的极力反对。遭到反对是在情理之中,惠果对此不闻不问也无可厚非。因为当时以识人辨人为天职的惠果,对空海的资质已经给予了准确的评价。

一直被上文提到的金刚智等传法阿阇梨们的光环掩盖,在翻译和著书方面少有成就的惠果大师看上去少了点存在感。

但是，我始终认为这位慧眼识空海的惠果大师，才是最为出色的密宗传法者。站在青龙岗上，我想象着惠果和空海会面的情形，浮想联翩。

(1984年5月)

中日赠答诗

　　晁衡,即阿倍仲麻吕,在唐朝为官,步步晋升,官至秘书监。秘书监是掌管宫中书籍的官吏,其下设有著作局和太史局。著作局主要负责皇族和高官去世时起草官方祭文及墓志。中书省负责起草政治文件(诏书、法令),责任重大。相比之下,秘书省的职责较为轻松,主要负责选拔有潜力的年轻文人做校书郎及其下的正字(官名)。秘书监是从三品官,官品位于内阁尚书(正三品)及其副手侍郎(正四品)之间,是远渡重洋赴唐的日本人可担任的最高官职。

　　众所周知,阿倍仲麻吕回国时王维作送别诗为他饯行。他所乘船只在途中遇险,漂流到了越南,结果未能回国,再度返回长安。当时曾传闻说他不幸遇难。李白随即赋诗追悼,名为《哭晁卿衡》:

日本晁卿辞帝都,

征帆一片绕蓬壶。

明月不归沉碧海,

白云愁色满苍梧。

当时来到唐朝的留学生和留学僧可以说是中日文化交流的先驱。仲麻吕虽未能回国,但吉备真备、玄昉、山上忆良、空海、最澄、橘逸势和圆仁等人对日本文化所做贡献之大是难以估量的。遣唐使回国之际,唐朝也曾派出使节访日。记录在册的唐使有高表仁、司马法聪和孙兴进等人。除此之外,鉴真和道璿等渡日僧的作为更是功德无量。

当时除遣唐使船外也有其他渡海船只,圆仁等人便是乘新罗船回到日本的。慧萼受嵯峨天皇之托邀请唐朝高僧赴日,并将所捐赠的财物送往五台山,此间往返中日之间至少有4次之多,但似乎未曾搭乘遣唐使船。圆仁渡海后,日本再未派出遣唐使,同时菅原道真虽被任命为遣唐使,却直言上谏停派遣唐使,日本便从此正式废除遣唐使。菅原道真出使唐朝也未成行。菅原谏阻的理由是唐朝国势、文化皆呈衰败之势,已然学无可学。不过不再依赖遣唐使船,或许也和中日交通往来频繁起来有关。

唐咸通年间（860—873）从事文艺活动的方干曾作过题为《送人游日本国》的诗文。内容并非送日本人回国，而是送唐朝人去日本。诗文如下：

> 苍茫大荒外，
> 风教即难知。
> 连夜扬帆去，
> 经年到岸迟。
> 波涛含左界，
> 星斗定东维。
> 或有归风便，
> 当为相见期。

读完这首诗不禁令人心生疑问，这些人究竟因何去日本？

圆仁虽然拿着朝廷公费渡唐，但同一时代也不乏许多志存高远之人自费入唐。想必在这些人中定有人得偿所愿，大展宏图。然而，与之相反，行至途中因病受挫、壮志难酬之人也不在少数。圆仁入唐之时，唐朝诗人项斯所作题为《日东病僧》的一首诗，收录在《三体诗》中。诗文为：

云水绝归路，来时风送船。
不言身后事，犹坐病中禅。
深壁藏灯影，空窗出艾烟。
已无乡土信，起塔寺门前。

据说这位日僧放弃了归国，将自己的舍利塔建在寺门之前。何其凄凉！同样收录在《三体诗》中的还有一首题为《赠日东鉴禅师》的七言绝句，是晚唐时期郑谷所作。日东即日本，鉴禅师身世来历不明。诗文如下：

故国无心渡海潮，
老禅方丈倚中条。
夜深雨绝松堂静，
一点山萤照寂寥。

晚唐诗人杨夔也作了一首题为《送日东僧游天台》的五言律诗。诗文未提及日本僧人姓名，但作为唐朝文人与日本留学僧之间的友谊纪念而留存至今。诗文为：

> 一瓶离日外,
> 行指赤城中。
> 去自重云下,
> 来从积水东。
> 攀萝跻石径,
> 挂锡憩松风。
> 回首鸡林道,
> 唯应梦想通。

还有唐末、五代初期的大诗人韦庄所作的题为《送日本国僧敬龙归》的七言绝句。诗文如下:

> 扶桑已在渺茫中,
> 家在扶桑东更东。
> 此去与师谁共到,
> 一船明月一帆风。

这首诗表达了唐朝文人在日本朋友归国之时祈祷朋友归途中能够明月照亮航路、行程一路顺风之意。

诗人的朋友日本僧敬龙身份不详,韦庄于唐朝灭亡后在后蜀官至宰相。同时代的陆龟蒙和皮日休及颜萱纷纷在圆载回国时赋诗送行，诗文也存留至今。不料圆载于途中船只失事，消息隔绝，失去了联系。唐诗中经常出现日本人，尤其在遣唐使被废之后，这种情况只增不减。虽然两国官方往来遭到封锁，但是在诗文的世界似乎述说着与官方发布的消息相反的现实真相——全然是另一番繁荣景象。

（1988年5月）

寻访交流的足迹

在中国旅行的一大乐趣便是所到之处都能感受到中日两国交往的气息。在西安古刹青龙寺，遐想空海接受灌顶的情形；举目仰望大雁塔，缅怀同一屋檐下受玄奘真传的日本留学僧道昭。据传，道昭是日本第一位接受火葬的人。宇治桥[1]也是他建造的。

如此想来，中日交流气息最为浓厚的地方当属宁波。宁波古时称作明州，从日本遣唐时代到大唐与长崎通商的唐船时代为止，是中日间交通往来的起点和终点。宁波近郊的佛教禅宗名寺——阿育王寺和天童寺，也与日本的道元和荣西两位大师渊源颇深。

去年，我从宁波出发去舟山群岛的普陀山游览。那里是

---

[1] 横跨宇治川两岸的宇治桥是一座雄伟美观的纯日本风格桥。其全长153米，兴建于大化二年（646），是日本现存历史最悠久的桥梁。

日本高僧慧锷修建的观音道场,但慧锷其人却不及日本其他高僧出名。空海、最澄、鉴真,亦或法相宗初祖道昭等日本高僧均家喻户晓,唯有慧锷大师鲜为人知。但若论起在中国开建如此宏大寺院的日本人,追古论今仅慧锷大师一人。

相传,当年慧锷大师从五台山请到观音像后乘船归国,途经梅岭一带触礁搁浅,由此断定观音不肯东渡。于是,慧锷在此地修庙供奉观音像。858年,此地得名"观音道场普陀落迦",岛名也由"梅岭"改成"普陀山"。目前岛上有广济寺、法雨寺和慧济寺,世称普陀山三大寺。在慧锷登岛的地方建立了"不肯去观音院",匾额由康有为亲笔题写。据传,1916年孙中山寻访到此,当地还出现了海市蜃楼的奇观,甚是有趣。

(1986年3月)

能量的源泉

有观点认为,很多日本人漂洋过海来到中国,是大航海时代的余波。所谓大航海时代,是从15世纪末哥伦布首次横渡大西洋,开辟了经由好望角的印度航线开始的。这两件事发生在15世纪最后的10年,即15世纪90年代。

但是,我觉得这个观点太过牵强。人们向外发展是由于内部力量过剩,寻求出口,不仅限于所谓的大航海时代。日本从镰仓时代到室町时代都有很大的能量,工商业蓬勃发展,而且当时日本流通的是中国的货币,所以日本所积蓄的能量流向"金钱"所在的方向——中国,是必然的。

被载入历史的,主要是富有戏剧性的东西,我们就把最普通的商业交易作为例子吧。当事情顺利进行的时候,没有什么特别值得一提的,所以很少记录。相反,在交易过程中发生纠纷,无法协商时,便想诉诸武力,发生这样的异常情况时就会将其记录下来。这样说来，读者已经想到"倭寇"的问题了吧。

史学家把倭寇分为前期和后期，前期称为"14世纪倭寇"，后期称为"16世纪倭寇"。由此看来，前期倭寇的活动时期比大航海时代早了许多年。中国正史中出现"倭寇"二字最早见于《明史》洪武二年（1369），比大航海时代要早100年。而且这一时期倭寇作乱不断，明太祖洪武帝甚至要求日本政府要严禁倭寇行为。兼好法师的《徒然草》被确定是在元弘元年（1331）以前所作。书中有这样一段（120段）："唐朝的东西，除了药材以外，其他的没有也无妨。书籍一类已经广为流传，没有的也可以转抄下来。去唐朝的航程十分艰难，如果尽运来些无用的东西，那是愚蠢之极的。"元朝末期，不只有文献记载，在韩国新安海域的沉船也可以作为中日贸易往来的鲜活证据。

足利义满自称日本国王臣"源"，向明朝递交国书的日期是明朝永乐元年（1403）。虽说称为朝贡，但无非是寻求贸易往来的申请书。就这样开始了所谓的勘合贸易[1]。日本和明朝的贸易刚开始时是10年一贡，限制为人员200人与船

---

[1] 明代外国来华进行朝贡贸易的一种称呼，也称"贡舶贸易"。

只2艘。不过,日本好像一直没有遵照这个规定。享德二年(1453)的遣明船有9艘,人数超过千人。需要发放贸易许可这件事从另一方面说明那时私下里的贸易也很兴盛。

到了那个以下犯上的时代[1],贸易许可发放权转移到了强有力的守护大名[2]的手中,同为大名的细川氏与大内氏便展开了竞争。前者与堺地[3]商人,后者与博多[4]商人联合起来,双方展开了激烈的商战。明朝嘉靖二年(1523),对立的双方在中国宁波武斗,使得中国暂时闭关绝贡。这是大航海时代开始70年前的事。

气势过剩的能量是无法阻止的。闭关绝贡意味着中国方面停止了贸易,但一纸命令根本不起作用,也由此而产生了后期倭寇。

通过上述叙述,可以明确日本人漂洋过海进行经济活动绝不是大航海时代的余波。不可否认的是,随着大航海时代的到来,从西洋远渡日本的人们令本来就势头正劲的日本能量进一步爆发出来。

---

1 指日本的南北朝到战国时期,大约从14世纪到16世纪。
2 在日本南北朝室町时期被幕府封为守护之职的地方武士团首领。
3 位于日本大阪府中部。
4 位于日本九州福冈市内。

日本人不是单方面地向外远渡，从海外来到日本的人也不少。到大航海时代，南蛮（葡萄牙人）、伊斯帕尼亚人或红毛（荷兰人）、英国人纷纷来到日本，在此之前主要是中国人。

在五岛建立据点的王直被称为海盗，但他却是安徽省新安出身的商人。新安贸易发达，相当于日本的堺地和博多这样的地方。据说新安商人已经深入到了朝廷的内部，王直应该是那个群体的驻日成员吧。不可思议的是，他虽然是中国人，却被称为倭寇，大概是因为他的部下中不乏日本人的缘故吧。

天文十二年（1543），中国船只到达了种子岛，搭便船的葡萄牙人所用的枪炮于这时传到了日本。年表上面记述了"葡萄牙船来到种子岛将枪传入日本"，尽管年表相当权威，但这一处记述并不正确。当时王直好像就在这艘中国船上。葡萄牙船在两年前就曾到达丰后[1]。然而，萨维尔[2]来到日本是在这6年后的事。说起枪的传入，虽说是中国船，但因为有葡萄牙人，就这一点而言的确可以称为大航海时代的余波。

众所周知，枪的出现改变了战争的形态，这对战国时代

---

1 古代日本的令制国之一，属西海道，又称丰州。领域大约为现在大分县北部（宇佐市、中津市）以外的大部分。
2 即弗朗西斯科·萨维尔，西班牙传教士。为了宣传基督教于1549年来到日本。

的日本产生了重大的影响。枪传入日本的半个世纪后，丰臣秀吉时代的文禄元年（1592），朱印船贸易开始了。这不是突然出现的，而是历史发展的自然结果。同时，也有历史学家将出兵朝鲜的秀吉认定为"最后的倭寇"。之后，朱印船贸易取代了倭寇，日本改变了向海外发展的形式。秀吉出兵朝鲜的那一年，明朝首次向京都的角仓了以等人发放了盖有红色官印的公文。这应该就是朱印船贸易开始的象征。

倭寇造访的地区从福建一直波及广东，而朱印船贸易的对象更是发展到了遥远的东南亚各地。日本在改变进军海外的形式，与此同时，势力范围也扩大了。

宽永十二年（1635），因为德川幕府采取闭关锁国政策，严禁日本人到海外发展，而且不准海外的日本人回国，持续了40多年的朱印船贸易被叫停了。其实，在朱印许可发放以前，贸易就已经存在了。当然也有日本人去国外。根据暹罗[1]的记录，1559年缅甸和老挝入侵时，在暹罗的约500名日本人援助了暹罗。即使对年代的记录有异议，但这也都是朱印贸易许可发放之前发生的事情。据平托[2]说，1540年他在柬埔寨海

---

1 泰国的旧称。
2 即平托（1509?—1583），葡萄牙人，冒险家、著述家。16世纪以商人身份游历了亚洲和非洲。

域遇到了土佐国使节乘坐的琉球帆船。路易斯·弗洛伊斯[1]在书信中写道，1555年他发现数艘日本海盗船在骚扰巴特那[2]海岸。据西班牙舰队和国王菲利普二世的报告书（1567年7月）记录，吕宋和民都洛[3]两地每年都有日本人来做生意。

朱印船贸易时代存续不到半个世纪，但是日本人在东南亚的经济活动在那之前至少已经持续了半个世纪之久。此外，在发放朱印许可的10年前，日本就已经向欧洲派遣了天正少年使节团。我们感受到了这个时代的日本的不同寻常的强大力量。如果说工商业的发达是它的背景的话，那么形成这些的原因是什么呢？真想一探究竟。

1549年，基督教传到日本，毫无疑问对日本产生了巨大的影响。不过，也不止如此。萨维尔在马六甲见到日本人安琪罗（或罗杰），感佩他的品格，所以萨维尔来到了日本。那么安琪罗为什么会到海外？在马六甲的日本人肯定不止他一人。在距萨维尔来日本的9年前，平托就说过，琉球帆船上有土佐的使节。

---

1 路易斯·弗洛伊斯（1532—1597），葡萄牙人。1562年作为传教士来到日本。
2 印度的宗教圣地，位于恒河南岸。
3 吕宋，菲律宾古国之一，今吕宋岛马尼拉一带。民都洛，菲律宾吕宋岛西南部岛屿。

当时日本人需要面对的是基督教这种他们从未接触过的、连想都想不到的信仰，基于这种信仰的生活方式所带来的新鲜刺激，以及沸腾日本的所谓的"战国时代"。战争一方面来说是对立的，但从另一方面看也有因为占领和吞并而融合的一面。在陌生的土地与陌生的人交往，不得不算是非常刺激的一件事。

而且，在弱肉强食的时代，获得胜利比什么都重要。为此，必须付出所有的努力。因为关系到生死存亡，所以能够取得胜利——比别人更优秀这一点是最重要的。这种努力孕育了能量，而产生的新能量又注入到努力之中。工商业发达、海外贸易兴盛的关键或许就在于此。

山田长政在暹罗"出人头地"当然与他的个人才能分不开。不过，当时在这片土地上已经建立了属于日本人的社会。我觉得以此为依托，他才能够成就大事。而且，在山田长政出国（推算在1610年前后）的50年前，这个日本人社会就已经拥有了防御暹罗外敌的经验。所以山田的成功绝不是凭借一己之力才获得的，一定是借助了日本团体的力量。这些日本人是商人，同时也是战士。以优秀的雇佣兵集团为后盾，山田长政的政治后援可以说具有绝对优势。山田长政应该被理解为在暹罗的日本人的代表。日本人的武力是经历了战国时代，在强烈的竞争意识中孕育出来的。

　　竞争意识也与好奇心相连。为了战胜他人，一定会不断思考这个问题——难道就没有什么与别人不同的方法吗？如果有新奇古怪的事情发生，人们就会产生强烈的好奇心。萨维尔对日本的传教状况很失望，为了让日本人改信基督教，他改变了战术，即首先必须让日本人所尊敬的中国人改信基督教。显然日本人所关注的方向并不是萨维尔所期望的。比起信仰基督教，日本人更关心基督教国家的各种事物，比如枪支、航海术等。日本人支仓常长的"洋行"就是挂着信仰基督教的招牌，主要目的却是为了通商取利和学习航海术。这一点不久便被识破了。

　　在与西方的接触中，日本人当然不只有功利的一面，也有人开始真正信仰基督教，过上了教徒的生活。日本允许基督教传播的时间非常短。后来，日本政府对信仰基督教的人进行了激烈的镇压。有人放弃了基督教，但仍然有人坚持。坚持的人有的被驱逐出境，有的被杀害。被驱逐到海外的代表是高山右近。作为日本人，因为信仰而被驱逐出境，这种处罚是不可思议的。同样是迁居海外，这些人则是不得已而为之。

　　同样被迫飘洋过海的，还有日本人与外国人所生的混血儿。德川幕府将闭关锁国政策奉行到底，只有一半日本血统的日本人不允许留在这个国家。这些日本人不是为了功利，也不是为了信仰，而是因为血统的缘故，成了不得不永滞海外的人。

200余年的锁国时代并不是没有真正出海的人。但这一时期即使有人被风浪卷走，漂到了海外，也不值得一提。因为那些人大部分是渔民，所以他们的名字几乎没有人知道。闭关锁国时期不仅禁止日本人出国，也不允许海外的日本人回国。像大黑屋光太夫这样，虽然幸运地回到日本，但之后就不允许他与外界联系，相当于被软禁了。

一般来说，如果有谁救助这些漂流民，还送他们回国，对其自然应该感激不尽。1837年，美国的同孚洋行也以为会这样，让日本的7名漂流民——岩吉、久吉、音吉、庄藏、寿太郎、熊太郎和力松乘上"马礼逊号"驶向日本。不过，迎接他们的是执行"异国船驱逐令"的炮火。在鹿儿岛，政府官员对漂流民说，在食物如此紧缺（天宝年闹饥荒）的时候，为什么要回来呀！而且日方好像无论如何都难以理解为什么同孚洋行要特意派一艘船，就为了把7个不知名的漂流民送回来。双方都无法理解对方的行为。据说，英国的驻日机构对送还日本漂流民一事表现冷淡，因为他们非常清楚日本的现实状况。

众所周知，同孚洋行在鸦片贩卖盛行的广州一直坚持不做鸦片生意,甚至被称为"锡安之角"[1],应该是理想主义者。就连被派往广州禁烟的钦差大臣林则徐都对同孚洋行的领导人优待几分。这家商社秉承的人道主义精神超越了日本政府官员的认知。

"马礼逊号"遭到炮击被驱逐返回后,因忧虑"异国船驱逐令"影响日本发展,高野长英写了《梦物语》,渡边华山写了《慎机论》,这些被认定是对幕府政治的批判,使他们遭到逮捕,后来不得不走向自杀的结局。如果说被驱逐到雅加达的混血儿是闭关锁国初期的悲剧,那么"尚齿"[2]的先驱则可以说是闭关锁国后期的悲剧。

高野、渡边被迫自杀,"马礼逊号"事件也令幕府进行了一些反思。"异国船驱逐令"稍稍有所改善。虽然处于闭关锁国的状态,长崎成为一个了解外界的小窗口,主要通过荷兰船长向幕府提交的《阿兰陀[3]风说书》及负责翻译的兰学专家,日本得以了解外国的情况。

---

[1] 在犹太教的圣典里,锡安是耶和华居住之地,是耶和华立大卫为王的地方。一直以来,犹太人都期盼上帝带领他们前往锡安,重建家园,在锡安圣山吹响圣角。
[2] 意指敬老,是中国的传统美德,形成于尧舜,发展于夏商,到了周代,已经形成行为规范和社会准则。
[3] 即荷兰。

美国彦藏[1]和乔治万次郎[2]曾经漂流海外,又返回日本,回国后非常活跃。虽然时代变迁,不过他们与漂流民的先辈比起来可以说非常幸福了。1729年,漂流到勘察加半岛[3]的权左英年早逝,但留下了世界第一部《俄日辞典》,可以说是那时最幸福的漂流民。相比之下,恍如隔世。

在闭关锁国时代有一种特殊的出国情况,那就是有一些人会到国境线不确定的地区进行探险、测量制作地图的工作。情况虽然特殊,但那种旺盛的求知欲和好奇心与锁国闭关之前出海的人有一脉相承之处。日本通过他们也认识到国内还有很多地方没开发。松浦武四郎将那些地方命名为北海道。以他为首的初期虾夷地[4]的开拓者们传承了东南亚日本聚居地的日本人的开拓精神。

(1985年4月)

---

1 即滨田彦藏(1837—1897),出生于兵库县播磨町,日本漂流民,后加入美国国籍。他可能是第一个美籍日本人。
2 即中滨万次郎(1827—1898),又名乔治万次郎。江户幕府末期的幕臣,明治前期的语言学家。
3 位于亚洲东北部、俄罗斯远东地区。
4 日本明治之前对北海道、千岛、桦太的总称,大部分是阿伊努人的居住地。

《好太王碑》出版

好太王碑作为东亚历史的见证,屹立在鸭绿江畔。15世纪诗人成俔[1]游历到此,吟道:"巍然惟有千尺碑。"(成俔《望皇城郊》)

好太王碑高达6.3米,于好太王去世后两年(414)所建。无论作为巨型建筑还是古代遗迹,都深深震撼了后人。当然,实物远不及千尺,但一定是那种不能不以"千尺"而吟咏的动人力量,感染了心怀敬意仰望的诗人,从而令他激情荡漾,感慨万千。

说起古迹,现存的还有西汉石碑。我曾在中国山东省曲阜市有幸见到西汉五凤二年(前56)的西汉石碑。但此碑现

---

[1] 朝鲜朝世宗、燕山君年间的学者、散文家,文采出众,著作甚丰,著有《虚白堂诗文集》《风雅集》等。

收存于孔庙廊庑[1],安放在玻璃罩中。毫无疑问,这使人无法"身临其境"地参观欣赏。西安碑林中著名的大秦景教流行中国碑立于8世纪,发掘于16世纪。这块石碑也被移至博物馆内。此碑高2.8米,为基督教在唐代传入中国的见证,但在博物馆内并没传递出这个信息。

好太王碑至今仍在将近1600年前建起的地方,原地矗立。碑文是同一时代的史料——"时代纪录",号称超一流史料,是那些历经岁月、用纸张传抄下来的史料无法比拟的。

《魏志·倭人传》号称是对日本最古老的记载,虽然为3世纪的史书,但现存最早文本却是12世纪南宋的绍兴本。各家对其间800余年的空白史料议论纷纷,我也不由得感觉到史书有点靠不住。

相比之下,好太王碑的碑文可谓生动的史料,以此为依据开展研究,能够立于不可动摇的基础之上,有望获得丰富的成果。

有不少昔日的皇宫最后成了荒郊僻壤。好太王碑的所在地集安也是其中一处,这里曾是高句丽国的京城。本文首段

---

[1] 孔庙大成殿东西两侧的房子,是后世供奉先贤先儒的地方。

所引用的诗歌题目便为《望皇城郊》。自好太王时代起历经千年，15世纪的人们似乎误将此处当作女真族金王朝的皇城遗迹，这是一个低级错误。长沙的马王堆古墓很长一段时间被误认为五代楚王马殷的墓地，发掘后才发现该墓为西汉初期轪侯夫人之墓，比楚王马殷之墓早千年。由此可见，毫无依据的传闻实在令人无法相信。

19世纪末，藤蔓和青苔遮蔽的好太王碑重见天日，此后近百年间一直露天而立。如今建立了碑亭，并未移至博物馆内。好太王碑自立碑起一直矗立于此，风雨不动，没有比这更好的历史见证了。好太王碑最近终于公之于世，或许今后可与《魏志·倭人传》比肩，成为探索古代日本的重要线索。

好太王碑的论争也从此开始。寺田教授[1]开启了这场论争。《好太王碑》一书的出版便成为我们面前一道鲜明的起跑线，必定意义深远。

（1985年9月）

---

1 即寺田隆信（1931—2014），中国史学者，日本东北大学名誉教授。著有《好太王碑：相隔50年的高句丽遗迹》《好太王碑探访记》。

监译《画本三国志》

争霸天下的故事十分有趣。读着读着，听着听着，便不由得心潮澎湃、气宇轩昂起来。这些有志之士为实现自己的抱负，驰骋杀敌，联盟各方，用尽计谋。各路英雄悉数登场，有命定相遇，有纵横交错，有一失足成千古恨，亦有一朝成名万古扬。仔细想来，这样的风云变幻并不局限于古代天下纷争之时。当今时代，我们周围类似三国争斗之事也屡见不鲜。

无论如何，《三国志》都堪称中国争霸天下的代表性故事。《三国志》的创作背景为2世纪末至3世纪上叶。距此400年前，也有刘邦和项羽争夺天下。此段历史故事也非常有趣，但《三国志》更加深入人心。《楚汉春秋》虽记述了项羽和刘邦之争，部分章节却不知什么时候遗失了，或许并非只是因为时代久远而导致遗失。

我觉得，比起楚汉一对一的争斗，魏蜀吴三国争霸则使事件交错，更加深奥复杂，所以才更吸引人。

在中国，三国故事妇孺皆知。即便是目不识丁之人，经常听书、看戏，也知晓一二。为此，三国之争常常被人们用来打比方，譬如，有功绩有才干的人，如果不遵从上司之令，也会受到处罚，这时只要说"挥泪斩马谡"，人们便心领神会了。

正史《三国志》是3世纪陈寿所著，后世公认这部著作行文简洁。但正是由于过于简洁，注释才不可或缺。100多年后，裴松之最早做了详细注释。

历史讲解称为"演义"。我们现在一般称为《三国志》的，是指14世纪罗贯中写的《三国演义》。但用文字把历史写成故事之前，应该已经有很长一段说书和戏剧演绎的历史。据记载，11世纪至12世纪，宋代都市的繁华地带有专门讲解三国故事的说书人，当时称为"说三分"。他们在寺庙庙会等场所，以说书表演谋生。当然也有类似剧本。我想罗贯中的作品便是在此基础上的集大成之作。

由于说书是商业行为，所以必须通俗易懂，趣味横生，能感染听者，引起听众的共鸣。所以，展现出的场面一定要让人捏一把汗，或是使人泪流满面。如果哪一段枯燥乏味，听众便会昏昏欲睡，甚至拂袖而去。这样一来，说书人下次就会把那部分内容删去。那些能让观众喝彩、流泪、欢呼雀跃的场面，说书人自然会重点讲述。

如此看来，可以说三国故事不只是历史，更是被中国百姓创作出来的。整部《三国演义》明显反映了中国普通民众的喜怒哀乐。毫不夸张地说，《三国志》是清楚地了解中国人情感世界的一面镜子。

日本长期以来与中国共享古代经典。明治以后，这种共享关系似乎逐渐淡薄了。不过，我觉得三国的故事比起其他古典作品，两国的这种共享关系更为密切。在这方面日本的汉学家和作家也功不可没。

据说，现在中国的绘本形式对《三国志》的普及贡献最大，将其介绍给日本读者也意义深远。尤其是这种绘本具有准确的时代考证，可以通过视觉形象辅助人们加深对作品的理解。监译结束，我从心底祈盼收到这样的好效果。

（1983年6月）

关于前嶋信次的《空海入唐记》

我的确有些疏忽大意,并不知道前嶋信次先生有一部名为《空海入唐记》的作品。昭和二十六年(1951)11月至次年5月,《空海入唐记》在《大法轮》杂志上连载;在昭和四十六年(1971)限定出版的论文集《东西文化交流诸相》(诚文堂新光社刊)上再次刊载,但之后并未收录在前嶋先生的著作集中,所以我不知道也情有可原。说起前嶋先生,他是一位非常为人仰慕的阿拉伯研究泰斗。我在收集有关空海的文献时,没想到前嶋先生居然也会有此类著作。

《读卖新闻》委托我写一篇关于空海的连载小说时,我仔细考虑了数日,决定只写空海入唐那两年的情形。弘法大师传颇多,他的事迹影响巨大。在约定的这一年期限里,不得不限定一下要写的内容,最后下定决心写我最容易写的场面。我自己搜集了文献,同时也委托别人收集。本来广泛搜罗，却唯独少了与我的写作主题最相符的前嶋先生的《空海入唐记》。

我知道《空海入唐记》为什么没有被收录在他的著作集中。前嶋先生作为一流学者，这一篇却透射出少有的小说风格，与其他著作放在一起有欠协调，或许因此而未收录。虽说以上只是我的推理，但是关于文化交流鼻祖——空海的在唐生活，前嶋先生也有可能以论文的形式重写《空海入唐记》。但是，即使重写也应该在《阿拉伯传》全文翻译工作完成之后，因为前嶋已经把精力倾注在了这部工程浩大的译作上。

我以"曼陀罗人"为题撰写空海在唐的经历，并在报纸上连载。现在回想起来，我觉得未读前嶋先生的《空海入唐记》便落笔写作反而更好。关于9世纪初的唐朝，值得参考的文献有限，前嶋先生和我应该是阅读了大致相同的文献后基于这些材料开始写作的。

关于长安的形象，我只把唐代传奇之类的作品放在心上，前嶋先生则理所当然地将其与《阿拉伯传》中的世界进行对比。只有将巴格达与唐朝长安叠加起来，才能创造出一个立体形象。

东西方虽有万里之隔，但中世纪的这两大城市的生活却不可思议地有很多相似点，令人惊讶。

前嶋先生指出，李白和巴格达宫的诗人阿布·努沃斯在性格、诗风等方面颇为相似，有许多共同点。同样的长安形象在脑海中浮现时，应该因人而异，各有千秋，最好不要在对别人的看法一知半解的情况下生搬硬套。我写完《曼陀罗人》后才读前嶋先生的《空海入唐记》，现在反而觉得很幸运。

前嶋先生在作品中插叙的李娃的故事，我也曾在《朝日周刊》的连载文中提过。我还曾在小说《方壶园》中提过少年李贺。他相貌与众不同，喜欢将所作诗歌佳句抄写下来放入"诗囊"[1]中。这已经是20年前的事了，人物形象各异，让人觉得十分有趣。我不由觉得前嶋先生和我正在做同样的事情。当然，我与前嶋先生之间存在学识之差，即使我再加探索，维度之差也难以持平吧。不过我们二人的目标是一致的。总而言之，那便是东西文化的交流，我将视点放在自己居住的日本，把海洋彼岸的长安视为纽带，而前嶋先生则进一步在巴格达的彼岸牵起了东西文化交流的长绳。

空海入唐时，长安进行了大规模的政治改革。那时，以朝廷势力为靠山的五坊流氓令长安百姓苦不堪言。另外，相当于长安都知事的皇族嗣道王李实也是贪污之首。日本遣唐

---

[1] 李贺经常背着破烂不堪的锦囊，碰到有心得感受的诗句，就写下来投入锦囊中。

使一行进入长安后不久，德宗驾崩，病魔缠身的皇太子顺宗即位，亲信王叔文获得了权力，着手进行政治改革。王叔文本是皇太子的围棋老师，出身极低，因此深谙与他同样地位的平民百姓的痛苦。他不仅处罚了五坊那些欺凌弱小的流氓，还将都知事降职查办。这些都赢得了平民的喝彩。

由于顺宗退位，王叔文也跟着下台了。空海在短暂的逗留期间，见证了唐朝少有的政治巨变。我认为这对空海归国后的言行产生了巨大的影响。在关注空海入唐时，这方面的内容是绝不能轻视的。前嶋先生也占用了相当的篇幅详细叙述了王叔文的政坛浮沉，果然与我所想如出一辙。

《唐书》《旧唐书》《资治通鉴》中对被赐死于削官降级之地的王叔文描写不多。历史理所当然是胜利者的历史，不过，如果只是单纯地用奸臣来定位王叔文，未免太过可怜。我颇为执着地想为王叔文辩护，便描写了空海与他发生的故事。

作为学者，前嶋先生忠于文献，不会像我们小说家一样，乱猜乱编故事。但是，在先生的文章中，虽然不是在整篇文章中，在某些地方还是能看出他为王叔文辩护的痕迹。

看王叔文幕僚便知，人才相当齐备，可见王叔文绝不是一个度量狭窄之人。历史上，派系斗争失败的英雄经常被当作奸雄。王叔文也是如此。即使他被打上了极端奸佞的烙印,毫无疑问,他也一定是一位杰出的人物,只是可惜在孤注一掷后成了丧家之犬。

有着同样感情的小说家,将故事延伸开来,使它变得更加丰富多彩。

与前嶋先生见面是在NHK丝绸之路委员会上。我也作为委员会的一员参加了会议。当时我和前嶋先生座位中间隔了两个人,便未能好好地请教先生,实在遗憾。不过,关于丝绸之路的石窟寺庙佛像和壁画遭到破坏,究其原因不止是伊斯兰教的问题,还必须考虑与各地民间信仰的关系,先生的这番话仍在我耳边回响。记得在会议上,我公开赞同前嶋先生的意见。

与前嶋先生同席参加丝绸之路委员会时,我还不知道先生撰写过《空海入唐记》。我写《曼陀罗人》之前,确实已经开始在稿纸上写了原本,但是好像还没有刊登在版面上。如果连载已经开始,机缘巧合之下前嶋先生已经看过的话,也许当时开会时我们在座位上便会聊一聊空海的事情了。每当想起前嶋先生温暖的面容,我便感到十分遗憾。但是,这份遗憾与前嶋先生在即将完成《阿拉伯传》时离世的遗憾相比,肯定是微乎其微的。

(1983年11月)

伴野朗《大航海》解说

伴野朗告诉我,他准备写郑和的故事。那时我感到"果然不出我所料",因为在之前作通史"中国的历史"写到明代郑和的时候,我就觉得这个人物适合做伴野朗小说世界的主人公。

在历史人物当中,有人极易成为小说的主人公,相反也有人很难成为小说的主人公。留下详细日记,与熟人、家人的往来书信较多,在同时代的文献中被频繁提及的人物,很难成为小说主人公。这是虚构障碍太多的缘故——虚构是小说的最大武器,没有虚构就不能称其为小说。什么都知道,就难办了。某个人物不为人知的神秘部分越多,就越值得将其写成小说。

由于指挥了7次大航海,郑和这个名字才得以青史留名。但他有许多事情我们并不十分了解。最主要的原因是,他虽是永乐帝的亲信,身份却是太监。明朝开国皇帝明太祖洪武帝鉴于历史上的伟大王朝——东汉、唐朝因宦官之祸灭亡,所以严格限制了宦官人数,制定了宦官不可参与政治的铁则。所谓铁则的"铁"并不是单纯的形容词,而是实际在铁牌上刻上这个规则后挂在宫殿的大门上,所以称其为"铁牌"。明朝虽因宦官之祸而灭亡,但在明朝初期"铁牌"还是发挥着作用。永乐帝是洪武帝的儿子,子承父业,作为人子当然也要尊重先人遗训。然而宦官的实力增强也是从永乐帝时代开始的,郑和被任命为远征舰队总统帅,也可以看作其中的一环。郑和在宫廷中必然拥有巨大实力,但终究是潜在的力量,表面上没有记录他的实际力量。

燕王(永乐帝)进南京攻打建文帝[1]的时候,郑和从军有功。具体是怎样的功绩,文献中没有明确记载。

像"铁则"所描述的那样,在洪武帝和建文帝的宫廷中,宦官在各个方面都受到束缚,甚至受到非人对待。据说被压迫的南京宫廷中的宦官和攻进来的永乐军队互相勾结。永乐帝战胜建文帝的背后确实有宦官之力,但宦官的功绩是不能声张出去的。宦官比大臣更了解宫廷的实际情况。如果

---

[1] 洪武帝因皇太子早逝,所以提名皇太孙为第二代皇帝,即建文帝。——作者注

能把这些人拉入己方就等于得到了上百万的援军。成功引入宦官力量之人可以说功高无比。然而因其是幕后交易，所以害怕写于明面。论功行赏中，在背后隐藏的奖赏一定很大。

郑和的经历中有许多神秘部分，不由得会激起像伴野朗那样富于想象力的作家的创作欲来。这个"大航海"，实际上前半部分是大航海以前的郑和的故事，是文献中几乎没有记载的郑和，所以作家可以自由运用想象力创造故事。伴野朗仍以"伴野朗"文风，在作品中流露出了我们所熟知的味道。除了熟悉的味道之外，他似乎也学会了创作隐蔽味道的方法。设置悬念的部分便成了读者的乐趣所在。

大航海以前的郑和，《明史》中记载的原文只有16个字："初事燕王于藩邸，从起兵有功。累擢太监。"清末，在云南昆阳发现了郑和父亲的坟墓。其家族原姓马，父亲和祖父都是"哈只"[1]。郑和的12世孙妇墓碑表明，远祖曾被元朝廷封为咸阳王。但是，关于郑和的前半生，上述16个字已概括全部。郑和从29岁到32岁，即为燕王与建文帝作战的4年，史称"靖康之变"。30岁以前，郑和只知道侍奉燕王。伴野朗利用《明史·郑和传》中的16字和简短的墓志

---

1 授予已前往麦加朝圣的穆斯林的称号。——作者注

铭,便创作了长篇巨著《大航海》的上卷。

小说情节中,在大航海前,郑和曾被派去日本。当然,这在文献中没有任何记录,但没有记录的不一定实际上就不存在。在那次航海中,他遇见了楠木正成的曾孙。

让日本人物在以中国为背景的小说中登场,其实也是我平常设计小说情节的方式,这样的效果是增加日本读者对这部小说的亲近感。另外,像这部小说这样,出现日本历史著名人士楠木正成的曾孙,也可以使日本读者了解故事发生的具体时代。这么说来,总觉得有一种"方便主义"的感觉,不过中日之间的交流,记录在案的的确只是冰山一角而已,实际上比想象中还要频繁得多。尤其是在以海洋为场景的小说中,不出现日本人反而不自然了。

燕王之父洪武帝一建立明朝,便立即将杨载派往日本,告知日本他已经即位,要求日本管制倭寇。身在太宰府的征西将军怀良亲王也曾把僧祖来作为答礼使派到中国去。众所周知,日本在南北朝时期,太宰府属于南朝,北朝的足利义满则向明朝寄出了国书。义满当时虽称为日本国王,但在皇室史观上却被认为大逆无道。不过怀良亲王似乎也称国王。

明朝文献中写道："日本国王良怀[1]。"

由于南北朝战乱导致财政崩溃，足利幕府试图通过对明贸易重建财政。同时因为战乱，为了供奉用于祭奠那些死于乱世之人的菩提，也需要钱再建立一些寺院。当时为了建立供奉后醍醐天皇菩提的天龙寺，派出了名为"天龙寺船"的贸易船。派遣天龙寺船之时，中国还处于元代。明朝政府要求足利幕府管制倭寇，幕府由于自己想从事对明贸易，倭寇成了妨碍贸易的商敌，因此在取缔倭寇方面也倾注了力量。为此，一时倭寇力量遭到削弱。

所谓倭寇，不仅限于日本人。像出身于安徽省新安的王直这样的以日本五岛为据点的中国海商也被称为倭寇。以海为生的人们似乎不论什么国籍及出身。

明初洪武帝肃清胡惟庸的理由，便是他想借日本之力意图谋反。日本在南北朝时期，应该没有能够帮助邻国谋反的余力，但是洪武帝能够想出这样的理由做借口，说明海上的中日接触格外多。书中出现楠木多闻和村上义宏也绝非不合时宜。

关于郑和的大航海壮举，除了《明史·郑和传》有简短

---

[1] 明朝文献中将"怀良"全部误记为"良怀"。——作者注

的记述外，就只有苏州文人祝允明根据从老人那里听到的见闻写成的《前闻记》（仅第7次航海）这样的民间资料了。实际上，郑和写了一份详细的报告，但后来有一个叫刘大夏的人把它烧掉了。关于此事，本书在结尾处有所提及。虽说大航海是一项伟大事业，但相关资料极少，因此此类主题可以充分发挥想象力。

伴野朗比我小12岁，也是曾获得江户川乱步奖的晚辈。他自称是"自己找上门的弟子"。我们一起踏上了丝绸之路，进入帕米尔山中，游历了印度各地。他是我的知己，读他的小说时，作品中他的身影便展现在我眼前。例如，书中出现了著名的中药材——田七，我的脑海中便浮现出在北京药店买田七的伴野朗的身影。他那时曾说："如果我经常喝'田七'，那么无论喝多少酒，肝脏都没问题。"正因为我和他比较亲密，阅读的时候，眼前会浮现出他这位作者的身影，这便是我的特权。拥有这种特权使我非常高兴，但是在一般读者面前炫耀，终归不妥。

"山畅销，海不畅销。"这是日本出版界自古流传至今的谚语。山岳小说虽然有成为畅销小说的可能（例如新田次郎的多部作品），但是海洋小说却不行。这似乎成了日本出版界的定律。《白鲸》《罗宾逊·克鲁梭》《宝岛》或孔拉德的作品等，在国外虽然是颇具吸引力的海洋小说，但在本是海洋国度的日本却不知为何很不景气。

如果伴野朗的《大航海》被定位为打破这个定律的突破口，那么希望的光芒应该也会投射到日本不景气的海洋文学中。敬请大家期待推理、冒险小说家伴野朗的第二部、第三部海洋小说。

郑和的出生地云南昆阳现在叫普宁县，即滇海（昆明湖）的南岸，那里建起了郑和庙，附近也有一座公园。郑和远航到西亚和非洲的"伟业"，即使在如今的中国也十分值得称赞，无可替代。

（1987年6月）

司马辽太郎《鞑靼疾风录》书评

明朝万历年间（16世纪末到17世纪初），小说名著《金瓶梅》问世。该故事背景为宋代，描绘的却是万历时期颓废的社会，世风日下。主人公西门庆靠行贿获得权势与荣耀，过着骄奢淫逸的生活，最后因吃春药过量而死，结果亲人离散，家族败落。作品真实刻画了人情世态，特别着重描写了西门庆与6个妻子的生活。读了这部著作，充分感受到当时衰败堕落的时代。

而司马辽太郎《鞑靼疾风录》的故事背景——明朝，也设定在这样颓废的时代，女真族的兴起成了燃烧索多玛的天火[1]，小说以此为主题展开。在小说下卷的后半部分，舟山、苏州和陷落前后的北京悉数登场。但此书以女真族，也就是满族这一方为主要舞台展开叙述。

---

1 《圣经·旧约》记载，索多玛是一个对耽溺男色，且对同性性行为持开放态度的城市，于是上帝降下天火毁掉了这座城市。

满族兴起与明朝没落是相关的连锁反应,这种见解颇具权威。一方没落了,另一方就一定会兴盛。我读《鞑靼疾风录》时不禁想到,在这个意义上如若将司马辽太郎的《鞑靼疾风录》和《金瓶梅》对照阅读,或许能更加深入理解没落与兴盛之间的联动吧。

《鞑靼疾风录》的故事情节是从日本的平户展开的。作为小说,这是个容易吸引读者的开篇,不过也并非故意为之。事实上,日本与明清交替的历史大变动有着千丝万缕的联系。

明朝上演了金瓶梅式的堕落,可以说衰败的底子是日本人一手炮制的。该书有时也会提到,倭寇骚扰大陆海岸,明朝为了治理倭寇不得不投入大批经费。丰臣秀吉出兵朝鲜,明朝视其为"大倭寇"。作为朝鲜的宗主国,明朝必须向朝鲜派遣援军。迫于国家财政吃紧,改收取实物赋税,商人的地位由此得以提高。安徽新安商人勾结宦官,获取了巨大的利益,来到日本五岛的王直就是那个团体的成员。海商活跃引人注目。颜思齐、郑芝龙等人在平户[1]建造了居所。书中出现的"老财神"也是其中的一人。自不必说,主人公庄助在舟山遇到的郑成功也出生在平户。

这部小说想要展现的就是上文提到的国际视野下泛着

---

[1] 日本长崎北部的城市,自古以来是与中国贸易往来的基地。

浪漫色彩的"野蛮"。"野蛮"是一个听起来不太顺耳的词语，比起给衙门里的官员行贿送礼，在草原上驰骋的情节似乎更加新鲜、刺激。更重要的是，"野蛮"可以使病态的文明重新焕发生机。人类历史上这样的事例比比皆是，与我们关系最密切的野蛮的历史剧情，要数成吉思汗和努尔哈赤了。成吉思汗的子孙席卷整个中国，稍作休整之后，历史的进程又有必要进入到下一个阶段。努尔哈赤的子孙又征服了中原。这种惊天伟业的秘密就藏在此书中。

衰亡之美以浪漫的形式在小说中展现出来。提到明朝灭亡，就一定会有苏州名妓陈圆圆出场。近代人况周颐[1]搜集这些故事，将其编辑整理为《陈圆圆事辑》。将来如果有人也做这样的搜集工作，必须收录日本司马辽太郎的《鞑靼疾风录》。

以前，我是在连载过程中读的，觉得不过瘾，这次重新一口气又读了一遍。卷首便展现了让读者挂念的艾比娅公主和庄助在日本过上了幸福生活，令人回味无穷，妙不可言。我想推荐给大家，可以放心阅读。

（1987年12月）

---

[1] 晚清官员，词人，致力作词50年，尤精于词论。与王鹏运、朱孝臧、郑文焯合称"清末四大家"，著有《蕙风词》《蕙风词话》。

中薗英助《樱之桥》解说

苏曼殊（1884—1918）与我都是出生于日本的中国人，同样从事写作，同样对佛教兴趣浓厚，又同样想学习梵文，我对他有一种不可思议的怀念之情。苏曼殊在我出生6年之前便与世长辞。假设我俩出生于同一时代，若在什么地方相遇，能否很好地交往呢？对此，我稍微有点儿不自信。

苏曼殊不到34岁的短短一生与辛亥革命、二次革命和护国运动交织在一起。也有学者认为，他仿佛是一面映射那个动荡时代的透明玻璃。正因为其透明，所以从陈独秀、章炳麟到汪兆铭、蒋介石，一一映在画面之中。虽然透明，但那玻璃折射出的微妙之光也有些许扭曲。那光芒令许多人，特别是年轻人沉醉其中，流连忘返。

中国青年男女曾一度痴迷苏曼殊，无法自拔，那种狂热是每个人在青春时代都要经历一次的，与崇拜清末诗人龚自珍类似。那时的青年人，人人都沉醉于龚自珍的诗文，受到了极大鼓舞。梁启超在《清代学术概论》中记载：

> 光绪间所谓今文学者，大率人人皆经过崇拜龚氏之一时期，初读《定庵文集》，如受电然，稍进则厌其浅薄……[1]

像触电一样的感觉，而且也是一过性的，不过这一评语用于苏曼殊也很适合。关于他们二人的相似性，郁达夫曾指出："他的诗是出于定庵的《己亥杂诗》，而又加上一脉清新的近代味的。"

以上只是对诗文的评价。龚自珍作为公羊学者，学术上颇有建树，相反苏曼殊却从未建立学术体系。相应地，或许可以说他的作品更具文艺性。将1841年便逝世的龚自珍与77年后去世的苏曼殊相提并论，着实有悖常理。被梁启超打上一过性烙印的诗人龚自珍，其影响力却绝不是一时性的。《定庵文集》一文从未过时，中国书法家常常书写他的诗句。我在中国旅行时，时常见到这样的作品挂于墙上。

---

[1] 日文为小野和子译本。——作者注

苏曼殊热似乎正悄然褪去，但现在断言是否是一时性还为时尚早。他的诗过于伤感，还有些不太健康的内容。但他的文字中洋溢的浪漫情调，却能拨动人心，触碰最深处的柔软。中国也出现了思想解放和价值多元化趋势，今后需要重新评价苏曼殊。他这面棱镜或可折射出令如今的年轻人心动的光芒。

关于这位英年早逝的天才，中国已发表大量文集和评论，并反复再版。出版于北新书局、开华书店的苏曼殊作品全集十分有名。我手上现存上海中央书店的分册及正风出版社的一册。前者为1936年版；后者是1943年于重庆出版，又于1949年4月上海再版。正风版与北新版相同，是柳亚子及其子柳无忌编著。提到1943年，即抗战时期，柳亚子于桂林作序文，柳无忌于重庆写下后记，洋溢着非同寻常的时代气息。人民解放军彻底解放上海是在1949年5月25日，再版在此之前便已经问世了。

苏曼殊在上海时穷迫潦倒。在最后入院之际，蒋介石也给予了关照；汪兆铭任丧仪委员长；汪兆铭不仅是他的同乡，还曾是南社成员。苏曼殊将中国近代史的核心人物齐聚一堂，但他却未走入核心之列。

正风版于1943年在重庆出版，恰逢苏曼殊逝世25周年。

后记中写道，战争结束后，柳无忌想为苏曼殊做三件事。第一件，将英译《断鸿零雁记》等作品广传海外。第二件，将苏曼殊未能动笔之作——印度古典剧《沙恭达罗》译为中文。第三件，作苏曼殊传。第一件选用梁社乾英译本；第三件则为柳无忌自身所作英译本，本书原作者中薗英助也藏有此本。我在拜访北京大学副校长——著名的梵学家季羡林先生时，得知迦梨陀娑所著《沙恭达罗》的汉译版本已然出版。时隔数年，到1981年，苏曼殊诗集终于在南昌（江西人民出版社）、广州（广东人民出版社）两地出版。

将饱经沧桑、千疮百孔的苏曼殊写入小说时，篇幅不宜过长，长篇大论反而难懂。对苏曼殊抱有特殊好感的我也仅写过名为《燕影》（刊载于1963年《小说中央公论》10月号）共50页手稿的短篇小说。这本书将他的侄女苏绍琼在神户的自杀事件演绎成小说，当然，已于10年前去世的苏曼殊未曾登场。

我对中薗英助勇于挑战、不畏艰难之心深表敬意。小说体裁根据主人公的性格、历经沧桑之态而设，可谓精妙绝伦。苏曼殊作为影射近代史之棱镜，了解其本人更显重要。希望阅读《樱之桥》的人与日渐增。

该书出场人物高天梅（旭）是苏曼殊的南社同仁。也同

郁达夫论调一致,称苏曼殊的文学追本溯源来自定庵风潮的龚自珍一派。评价如下:

> 曼殊诗,其哀在心,其艳在骨……

不能简单地说他是鸳鸯蝴蝶派,深知他的人自然会懂得。毋庸置疑,中薗先生的努力也会帮助人们更好地理解这一点。

(1984年12月)

后记

值此个人全集出版之际,相关编辑人员为我做了年谱。根据这份年谱,随笔非常多。这有些出乎我的意料,因为我已经告诫自己,尽量不写小品文了。

1981年,我出版了随笔集《竹之忆》之后,又出版了《六甲山房记》(岩波书店)、《丝绸之路巡礼》(日本放送出版协会)、《丝绸之路旅行笔记》(德间书店)、《东眺西望》(讲谈社)、《录外录》(朝日新闻社)等几本随笔集。这些都是作品连载后汇总成集的,整理出版的并不是随便写写的东西。那些未收录其中的散文作品(就如"散文"字面表达的一样,有些很散的文章)也有几本书的文字量。

我这个人不善整理,手头很多剪下的文章和刊登作品的杂志都没有了,所以就烦劳二玄社的宇和川准一帮助我收集。真是给他添麻烦了。重新读一遍汇集起来的作品我才放心。因为我警告过自己,所以那些并不是不得已而为之的作品。

这些是我想写的东西,却遭到与报刊连载随笔不同的对待,我觉得这对于文章作者来说是不公平的,因而决定出版这些文章。和画家与画匠的差别一样,两篇文章中存在重复的叙述,说到底还是分别独立的文章,所以就决定不再修改加工了。

我不知道取什么书名为好,最后选择用"云外之峰"命名。"云外之峰"是为齐白石画展投稿的文章题目,源自齐白石的诗句。文字原意在文中也有说明,是指从下面看不见且难以理解的事物。不过本书选用此名并没有那么狂妄,用意只在于书中汇集的是一些因马虎大意而被抛到云外、很长时间未整理的文章。

这本书的问世在各个方面均承蒙宇和川准一的帮助。为了出版事宜,他曾多次来到神户,真是感激不尽,在此表示深深的谢意。

(1984年12月)